铁葫芦

行·影不离

阮义忠的旅行手札

阮义忠 著

九州出版社
JIUZHOUPRESS

图书在版编目（CIP）数据

行·影不离：阮义忠的旅行手札／阮义忠著．—北京：九州出版社，2015.1
ISBN 978-7-5108-3487-5

Ⅰ.①行… Ⅱ.①阮… Ⅲ.①游记—作品集—中国—当代 Ⅳ.①I267.4

中国版本图书馆CIP数据核字（2015）第014747号

行·影不离：阮义忠的旅行手札

作　　者　阮义忠　著
出版发行　九州出版社
出 版 人　黄宪华
地　　址　北京市西城区阜外大街甲35号（100037）
发行电话　（010）68992190/3/5/6
网　　址　www.jiuzhoupress.com
电子信箱　jiuzhou@jiuzhoupress.com
印　　刷　小森印刷（北京）有限公司
开　　本　880毫米×1230毫米　32开
印　　张　8.75
字　　数　220千字
版　　次　2015年3月第1版
印　　次　2015年3月第1次印刷
书　　号　ISBN 978-7-5108-3487-5
定　　价　52.00元

目录

卷二

新版序

年纪大了无法远行，尤其是到欧美，一趟飞机得坐十来个小时，窝在经济舱窄小的座位里动弹不得，真是受罪，但20年前却乐此不疲，连看三四部院线没上映的电影，感觉特别过瘾，时间一下就打发了。那个年头，我和老伴一有机会就去国外参加摄影活动，为《摄影家》杂志组稿。除了工作，生活、休闲都因摄影而绑在一起，现在想起来依旧觉得甜蜜无比、幸福满满。

本书的游记多半是为了当初我创办的另一本杂志《影像》所写，许多文章都是在旅途中完成的，由我口述，老伴打在计算机上。旅馆房间、长途火车、航班候机室里都在撰稿，玩得不亦乐乎也得随时收心，尽量把握时间工作，因为一回台北就得排版、印刷，否则杂志就会脱期。时间紧迫、环境嘈杂，文气难免受到干扰，旧版文字累赘，资料也有疏忽之处。这回新版上市，趁机好好润饰、校对，除了弥补遗憾，更有旧地重游、面对当年的自己之感。

人生起起伏伏，各有际遇，每个人身上都负着包袱，只要活着就得继续扛。旅行有如暂卸重担，放空自己、吸取能量后，回到原来的环境，包袱也仿佛轻了。

游记的魅力就在于，不只记载了旅行经历，也封存了一段属于自己的独特时空。每个人走过的地方都一定会变，即使重返现场也是物是人非。写游记好比拍照，按下快门的那瞬间，就把流动的时光留下了切面，成为不变的永恒。每篇游记都是一个人与一座城市的结缘，若没留下记录，就好像一切酸甜苦辣都没拥有过。漫漫长路，想不起来的过往，其实也等于不曾发生。

当年造访这些地方，数码摄影尚未兴起，世界各地的摄影氛围仍保有浓厚的传统纪实风格，每到一处都能领会饱饱的生命感动、人道关怀，让自己对摄影的信仰更为坚定，对自己该走的路更为明确。反观现在，数码相机、手机摄影愈来愈盛行，技术门槛降低，看待摄影的态度也跟着下坡。观念摄影蓬勃，各种摄影奖项多看中创意，影像的厚度愈来愈薄，温度愈来愈低，眼花缭乱地看完一堆作品后，不但没受到感动，有时连印象都留不下。

想到这里就觉得特别庆幸，我不但见证了传统摄影的黄金时代，也积极参与了它。除了拍照、教书、办杂志，也用游记为那个时代的国际摄影活动留下了真切的、可以追寻的痕迹。不但自己能够回忆，也可供后人缅怀、学习那个用相机见证人性和用影像反省自身的年代。

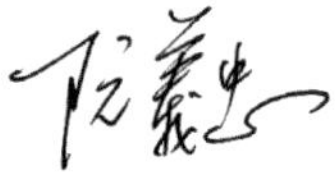

2014年10月

原序一

好长一段时间，我夜以继日地埋首于“告别20世纪”的四个展览和四本书的大计划中。这项工程虽是极其累人，却让我感到充实与喜悦。

展览圆满落幕了，书受到佳评，销售情况也比预期的好，这就促使我在迎接千禧年时许了个愿——再出一批新书。

说是新书，其实有部分是旧作。这回推出的《阮义忠摄影文集》一套五册，有三册是再版的修订本：《当代摄影大师》《当代摄影新锐》和《摄影美学七问》。另两册则是初版的新书:《摄影家西游记》[①]和《面对摄影大师》。这五册书都是我在自己的创作之外，长期关心摄影潮流所累积下来的思考结晶。我最初只是一个没出过国门的年轻摄影狂热者，只能饥渴地从杂志、影集上汲取摄影名家的风格养分，后来因创办中英文对照、国际发行的《摄影家》（*Photographer's International*）杂志，得以周游世界各国，结识了不少大师，有幸亲沐诸家风范。这之间的演变，还真的只能归之于造化。

《当代摄影大师》是我的第一本著作，早过我的第一本摄影专集《北埔》。在《雄狮美术》连载是1983年的事，结集出书则是两年后的1985年4月。一算才惊觉时间飞逝得多快。

尽管事隔十七八年，现在重新校阅计算机排版的打字稿，却一点

① 《摄影家西游记》为原书名，新版书名更改为《行·影不离：阮义忠的旅行手札》。

也不觉得过时，仿佛是前些日子才脱稿，依旧亲切熟稔、顺畅易读。《当代摄影新锐》和《摄影美学七问》两书也是在《雄狮美术》连载的专栏。那阵子，大概前后有四年之久吧，我养成了一个特别的写作习惯，每天早上固定在台北市民生东路一家叫“芳邻”的西餐厅吃早餐，如果有稿子要写，用完餐我就把资料和稿纸摊开，然后烟一根一根地抽，全神贯注地写。

午餐时间，在附近上班的客人陆续进来，坐满餐厅的每个座位。我呢，一点也不为所扰，无视周遭的喧哗，继续写。告一段落时，我就点份简餐吃，然后又是一根烟接着一根抽，下笔急疾，直到把整篇文章完成才出门，叫辆出租车，直奔《雄狮美术》交稿。我通常都是在最后截稿期动笔，已没时间再拖延了。

这三本书就是在同一家餐厅的同一张大桌子上写成的，有时稿子较长，非在餐厅里头从早餐吃到晚餐，直到打烊前才跨出餐厅。我还真的硬是没有破过例——写完文章才准离开。

芳邻餐厅已结束营业多年，办了20多年的《雄狮美术》也已停刊。我这个抽了近30年烟的大烟枪，也把无可救药的烟瘾给戒了八年之久。而周遭文化界的朋友、出版界的同行也都有或大或小的变化，台湾这个大环境却变得令人越来越没信心。在人、事、物全非的情形下，能够把自己最早的三部摄影论著重新编排、设计，纳入“摄影文集”里，真是感慨良多——我是何其幸运，能够一直坚守在岗位上，实现梦想。

《摄影家西游记》和《面对摄影大师》的写作经验，可真是整个颠覆了我原来的思考习惯。那时我刚开始戒烟，以前手上拿着烟，就像拿着笔一样，这样脑子里的念头才有办法变成文字。没了烟，等于脑和手之间的连接神经被掐死了。曾有半个多月之久，我每天坐在办公桌前，就是写不出几行字，稿纸是一张张地写了又撕。我知道只要点根烟就能下笔如飞，但，每当要投降的那一刻，我又把自己给拉了回来，最后硬是靠内人袁瑶瑶的帮忙，才克服了前所未有的写作障碍。

我俩坐在计算机前，由我一句句口述内容，她将之打出，我盯着屏幕上的句子，思考接下去的用词。这两本书的每一行都是如此诞生的，真是庆幸我有这么一个什么事都肯配合，并一直协助我达成目标的太太。

多年来，摄影这件事完全把我和太太的生活、工作以及兴趣整个融合在一起了。我们一起生活、上班、旅行，一起会见世界各国的摄影师、出席国际摄影会议与摄影节，回国后一起坐在计算机前写文章；摄影简直就成了我们共同的修行之道。现在，我们在一起的时间，已经超过彼此各自成长的岁月，而且一日比一日多。我们认识超过30年了，比我从事摄影创作的25个年头还要长。不少国内外的摄影同好或媒体记者都问过我相同的问题："阮义忠，要是没有袁瑶瑶的协助，你会不会有今天的成就？"

我在此处要再重复一遍："不可能，没有袁瑶瑶，就没有阮义忠。"

这一套《阮义忠摄影文集》的五册书，每一本背后都有另一位作者——袁瑶瑶。

如果上面那句话让我和袁瑶瑶坐在计算机前打字时说，我是说不出口的，因为还没张嘴就会觉得肉麻。我是坐在自己的办公桌前，用当初在芳邻餐厅里写稿的同一支钢笔写的。终于摆脱了没有烟就下不了笔的毛病，我的脑和手的那条神经又通了！真好。

更好的是，能够以这种心情迎接千禧年，以这五册一套的《阮义忠摄影文集》献给袁瑶瑶。

1999年12月

原序二

在我的写作经验当中，以本书的九篇游记最为急迫。原因是：这些于 *IMAGE*（《影像》）杂志连载的文章，都是在即将付印前才写出来的。身为总编辑的我，虽然掌控着截稿期，但那阵子是我编务最忙的时日，两个月要出版三期杂志，一期《摄影家》、两期《影像》，写稿的时间可想而知是多么稀少难得。回想当时的写作情景，还真是捏了好几把冷汗。

《再返佩皮尼昂新闻摄影节》是在这个靠近西班牙边境的法国乡间小旅馆写成的，由我口述，袁瑶瑶打在计算机上，连续赶了好几个夜晚才完工。会如此卖命，是因为一回台湾，杂志就得立刻上机印刷，否则会来不及出刊，容不得我们耽搁片刻。

其他几篇游记虽没如此紧迫，可以坐在台北的办公室完成，但也经常是回台第一件要处理的事。那一阵子简直是在和时间赛跑。

人的压力越大似乎效率也越高，每一篇虽然都是抢时间完成的，但写作的乐趣也相应加大。因为全是有关一路上的所见所闻，写着写着，我和太太似乎就神游在异国情境当中。旅行才刚结束，我们就又故地重游，这种滋味还真甜蜜，尤其是双双对对。

由于《影像》经营不善，从月刊改成专题取向的双月刊之后，《摄影家西游记》的专栏撤了，而《影像》在出了六期专号后也不得不停刊。之后的这些年，我们夫妻虽依旧经常出国旅游，却由于没有发表的诱因，也就失去了写作的念头。《摄影家西游记》就此成为绝响。

这些文章从1994年11月连载至1995年10月，九篇游记的共同焦点就围绕着摄影文化的大圈子转。我们会造访一个地方，并不是看上当地的景色或美食，而是因为那个城市有想见的摄影家、想造访的摄影机构，或是正在举行摄影节、研讨会。因此，这些游记的另一层意义就是：从另一个角度去了解当今国际的摄影潮流走向。希望读者在揽卷卧游之际，亦能体会我的用意。

最后，希望大家不仅卧游，还要赶紧拟订计划、安排行程，收拾行囊去参加那些摄影节，去看那些不能错过的重要摄影展场。

祝千禧年大家心想事成！

2000年1月20日

卷一

空空荡荡的乌特雷拉火车站月台，在西班牙南部的阳光下，清澈透明，仿佛连人迹也被蒸发了。（阮义忠摄于 1994 年）

游乌特雷拉

访 *PHOTOVISION*

孤独之狼

有一位我偏爱的西班牙摄影家在信里告诉我："在我的国家，我觉得很寂寞。整个西班牙可以和我谈摄影的人不过两三位！"这类话倒不是第一次听到，因为另一个朋友就曾把摄影师比喻成孤独的狼——彼此互不来往，各自对着远方嗥叫！

在还没跟这位寂寞的摄影家会面之前，我已能感觉到他自视极高，可跟他谈摄影的人，当然也不会是泛泛之辈。这回他专程赶到法国图卢兹（Toulouse）看我在"水之堡"摄影艺廊举行的展览，聊天过程中我愈发感觉到，他的生活方式比想象中还孤僻。

知道我们下一站要去西班牙的塞维利亚（Seville）时，他恳切地建议："有位朋友你们一定要认识，他是西班牙最好的摄影杂志 *PHOTOVISION* 的现任主编——伊格纳西奥·冈萨雷斯（Ignacio Gonzalez），家和编辑部就在塞维利亚近郊的乌特雷拉（Utrera）。"

欧洲铁路系统四通八达，像张密密麻麻的蜘蛛网，稍微转一下车，就能从这国到那国。一位法国朋友建议我们傍晚从图卢兹坐火车到波尔多（Bordeaux），再转 TALGO 卧铺车，睡上一觉，到马德里刚好是清晨。花一天参观普拉多美术馆（Museo Prado），晚上搭 AVE 快速火车，两个半钟头就到塞维利亚了。

卧铺夜车？光是尝鲜就足以构成采纳此行程的理由。订票时发现，如果想要有自己的小天地就得坐头等舱，二等舱的则是四人一间，男、女乘客分开。为了省那将近一倍的差价，当然得坐二等舱。抵达波尔多已是深夜，月台空荡荡的，等转车的乘客不多，但已经听得到西班牙话了。一种有别于以往、从来没体会过的情调，已经开始在呼唤我们了！

天涯过客

一上车，内人和我便在不同列车员的带领下分道扬镳，接下来的八九个钟头各有际遇。少了袁瑶瑶在身边，不谙外文的我凡事只能猜懂三四分；和我同车厢的有一个西班牙人、一个美国人，彼此用英文叽里呱啦地沟通，蛮有得聊。我不开口，没人会打扰我，乐得保持东方人的神秘，埋头大睡。后来听内人说，她那儿有西班牙人、美国人和墨西哥人。这是我们第一次跟来自天南地北，不同文化、不同背景的陌生人同室而眠。都是天涯过客。

天际乍现曙光，男士们纷纷爬起来，走出厢房吸烟、欣赏风景，窄窄的过道站满了人。女乘客那边，听内人说，忙着梳洗化妆的比较多！

到塞维利亚的火车在另一个火车站阿托查（Atocha）发车，两个火车站各据马德里两头，从此站到彼站的路上，也勉强算是对西班牙首都有了匆匆一瞥。此区的首座火车站建于 1851 年，经过一百多年的扩建、重整，成为马德里最大的火车站，1992 年为了塞维利亚举办“世界博览会”而转化为拥有商店、咖啡馆、夜总会的多功能建筑。

整个车站设计得妙极了，入口大厅的位置最高，进门几步就可俯瞰挑高几十米的巨大中庭。令人想不到的是，中央居然有一大片油绿茂盛的热带植物园。雾气半空弥漫，隐藏在各角落的洒水器放出阵阵水雾，在接触树叶的那一刹那化为滴滴露珠。一时之间，真让人有室内室外倒错之感。

园林四周有许多咖啡座，穿着入时的绅士、淑女慢悠悠地喝着饮料看着书报，只有看到他们身边的简单行李，才会想起这是火车站。可是，所有火车站该有的设施又都看不到，别说是购票处、书报摊，就连剪票口、月台和火车都不知到哪儿去了！疑惑地转了一圈，才发现店面、办事处都被巧妙地隐藏在中庭周边的建筑里。所有能让旅者焦虑不安的景象，都被悠闲舒适的氛围冲淡了，建筑师的想象力真让人佩服！

买好票，寄好行李，在热带园林旁享受过在西班牙的第一顿早餐后，我们兴冲冲地踏出火车站，上了排班出租车的第一辆。“请载我们去普拉多美术馆！”

司机满脸困惑，重复了两三遍：“Prado？ Museo Prado？”之后他才不甘不愿、念念有词地上了路。几分钟之后，我们恍然大悟，原来美术馆只离火车站一条街！司机排班排了老半天，却碰到像我们这种不知东南西北的观光客，真是够倒霉了！

西班牙艺术的灵魂

普拉多美术馆真没白来！西班牙艺术的灵魂委拉斯开兹（Diego Rodriguez de Silva y Velazquez）、戈雅（Francisco Jose de Goya）二人的旷世巨作，大部分都珍藏于此。几世纪以来，这两位画家几乎影响了西班牙的所有艺术家，摄影家当然也在其中。我所知道的西班牙摄影家，在谈到所受的影响时，多半会提到这两位大师。

马德里新火车站的设计令人惊艳不已，才一进站就如同踩在热带雨林中，连湿气都迎面而来。（阮义忠摄于 1994 年）

美术馆的收藏品极为丰富，但面积不算大，一天时间就可从容地把所有展出浏览一遍，何况有些出版社专为世界各大美术馆出版快速导览手册，书名多为“某某美术馆的一百幅名作”，让性急的观光客在最短时间内能欣赏到最好的馆藏。参观者几乎人手一册，快餐文化早已无所不在了！

走出美术馆，距开车时间还有两三个钟头，沿着街头逛，只感觉到各国大都市都具备的国际性格与消费模式，街景大同小异，没啥味道。走着走着，不免开始憧憬塞维利亚的好风光；人们不都说，塞维利亚是西班牙的“心”，塞维利亚人最知道怎样生活……

盼着盼着，终于到了上火车的时间。马德里到塞维利亚的直达快车 AVE 又让我们开了眼界，火车里外都是亮晶晶的，速度虽快却平稳舒适。车厢装潢高雅，各沙发座都设有台灯，隔几排的走道上方还有电视，女服务员个个年轻漂亮。比起在法、德、英、瑞和意大利坐过的火车，这一趟可以说是最豪华的，而我们坐的还是二等厢呢，实在感觉不出西班牙是欧洲经济较弱国。

一部电视长片播完，目的地也快到了。影片换成塞维利亚的介绍，让乘客对这城市先有个概念。旅游书上说，任何人只要到塞维利亚两天，就会被这个城市同化；看了这段影片就会感觉，这句话不是随便说说的。

关于塞维利亚的种种，我们会在《摄影家西游记》的第二回详细道来。现在，就直接跳到乌特雷拉的部分吧！

没观光客的小镇

“要去拜访 *PHOTOVISION*，一定要趁玛丽亚在的时候！”朋友特别交代，因为伊格纳西奥·冈萨雷斯只会说西班牙话，但他的秘书玛丽亚是嫁来多年的美国人，也是冈萨雷斯夫人的亲戚。没有玛丽亚当翻译，大家就只能傻瞪眼!

“大家都在等你们！”玛丽亚的热情与开朗从电话中就感觉得到，“商量着是要开车来接呢，还是让你们坐火车，最后决定让你们探险，这样旅行才有乐趣嘛！”

约会是傍晚6点，可我们一早就起程了，准备在乌特雷拉好好逛逛！想认识一个人，就要先认识他的生活环境!

可感觉这是条铁路支线：火车离站不久，窗外景色便越来越荒，沿途各小站人烟稀少、房舍零落、不成市集。越往前越让人好奇，乌特雷拉到底是什么样？半个钟头后，火车停靠在一个冷冷清清、毫无特色的月台，若非看到“Utrera”几个大字，还真不敢下车！气氛显示，这是个绝对没观光客来的地方，但这也加深了探险的兴味。

站前有间小酒吧，里边有些人，除此之外，就没有其他店面或人迹了，感觉好像踏入了哪部电影的场景。门边小桌围坐着四人玩骨牌，花色有点像我们的牌九。见两个东方人靠近，其中一位还举起相机，他们不但没防备，也毫无不悦之色——我们来到了十分友善的地方。

沿着火车站正前方的那条路走，应该就会到达市中心吧？绕了个大弯，再顺着反方向走，却到处一片静悄悄。房子多是白墙、红瓦，加上蓝得化不开的苍穹，感觉已经颇不真实了，更何况光天化日之下不见人影。

实在是个小镇，不到一个钟头，市区就已经绕了一圈。家家店面都关着，走近一看，下午营业时间居然是6点到10点！我们这才明白，为何玛丽亚提议6点见面。所有人大概都在午休，东走走、西晃晃，仍在营业的两家小餐厅我们都进去打发了一段时间。来之前已在塞维利亚养成了随时随地享受小菜的习惯，随意点了醋浸鳀鱼、生火腿，伴着红酒、面包当午餐。账单送来时，吓了我们一跳——不是贵，而是便宜得惊人！分量、质量都差不多，价钱竟然不到塞维利亚的三分之一。没有观光客的好处就在这里！

红酒入口容易，喝多了后劲也不小。烈日当空，逛完两处古迹后，再也无法支撑，我们坐在广场阴凉的石椅上，就那么不知不觉地睡着了！醒来神清气爽，深感当地人的作息时间有道理，在这种气候之下，就应该不慌不忙、无所事事地过日子。

冈萨雷斯老宅

睡完午觉，会面时间也差不多到了。经过特里安尼那广场（Plaza de la Trianilla），远远就看到一位相貌斯文、微微发福、穿着旧牛仔裤与衬衫的中年男子在前方踱步。看到我们，他满脸笑意地迎上前来，发音困难："密斯特，弯（阮）——宜（义）——庸（忠）？"厚实的掌心与握手力道十足传达出热情与坦率。才照面就有一见如故之感，原来伊格纳西奥怕我们找不着地方，老早就在街角守候着了。

玛丽亚还没到，伊格纳西奥边领着我们朝前走，边比手画脚地讲了几句西班牙话，见我们不懂，急得直摇头，双臂举向天空，叹道："玛丽亚，玛丽亚！"

随伊格纳西奥进入一座旧式大宅院，穿过宽敞高挑的中庭，登上老式回旋梯，来到位于二楼的会客间。光是进门上来这一段，就可知道老宅颇有来历。会客间有张厚实的大木桌，上面摆满了各式各样又胖又大的面包以及好几组杯盘茶具。吃的、喝的，数量足够开个小 party 了，哪像光招待我们夫妻俩！

夏日午后的乌特雷拉，所有人都在睡午觉，如同死城般毫无声息，直到晚上 6 点商家营业，小镇才活了过来。（阮义忠摄于 1994 年）

DE UTRERA, S.A.
DE ACEITUNAS

伊格纳西奥的夫人卡门与女儿小卡门跟他一样，都长得满脸福相。小卡门可甜了，一见面就紧搂着袁瑶瑶和我的脖子，在脸上狠狠地亲了一个，让只有儿子没有女儿的我们特别受用！大伙儿坐定，玛丽亚才姗姗来迟，看来早被西班牙人同化了！

PHOTOVISION 是西班牙文和英文的双语杂志，我很熟悉，跟《摄影家》定期交换已有一阵。早在十多年前，这本杂志创刊不久，还在法国攻读博士学位的好友陈传兴便在回国度假时送了我一期。

我记得很清楚，那本 *PHOTOVISION* 是第 4 期，介绍墨西哥摄影大师曼纽尔·阿尔瓦雷斯·布拉沃（Manuel Alvarez Bravo）以及他的四位学生：拉斐尔·多尼斯（Rafael Doniz）、格拉谢拉·伊图尔维德（Graciela lturbide）、乔斯·安格尔·罗德里格斯（Jose Angle Rodriguez）和佛洛尔·加杜尼奥（Flor Garduno）的作品。一期一个主题，是这本杂志自 1981 年创刊以来一直维持的编辑方针。

刚开始是季刊，但维持辛苦，于是每期出版时间慢慢拉长，现在一年只能出两本。尽管如此，杂志水平从来没下降过。*PHOTOVISION* 的编辑小组从一开始就展现了惊人的眼力和品位。就拿当年布拉沃籍籍无名的四位学生来说，现在个个都是在国际上颇有名气的摄影家！如今举世闻名的秘鲁老摄影家马丁·昌比（Martin Chambi，1891—1973），也早在第 3 期就介绍过了，*PHOTOVISION* 堪称是最早介绍昌比作品的媒体之一。

在偏僻小镇办摄影杂志

PHOTOVISION 每期都有鲜明的主题：《夜晚的诗篇》专谈夜间摄影的新表现；《土地，人，仪式》介绍四位新一代的人文摄影家；《自

拍像：自恋或触怒？》是四位受争议的当代摄影家自拍像；《勒令混乱》谈前卫观念性摄影；《针孔摄影》讲述如何利用原始摄影技术达到新潮影像表现；《欧洲摄影：公开建议》推介几位个人风格极为强烈的中生代摄影家；《从颜料到光线》探讨不用照相机的光画摄影；《身体考古学》则刊载了从古典优雅，到新潮怪异，甚至恶心的人体摄影……

这本刊物有时也会以摄影家的个人专集为整期内容，如荷西·奥尔蒂斯 - 埃查圭（José Ortiz Echagüe）、乔尔 - 彼得·威特金（Joel-Peter Witkin）。众所皆知的这些摄影名家，在编辑群的处理下，作品令人耳目一新。到目前为止，*PHOTOVISION* 才出版了 25 期，但对欧美当代的各类摄影风格，已有了全面性的关照，非常难得!

与伊格纳西奥之间的交谈既热闹又有趣：袁瑶瑶把我讲的中文译成英文，再由玛丽亚译成西班牙文。等伊格纳西奥发言，整个程序就倒着走一遍。

“这么优秀的杂志，为何编辑部不在马德里、巴塞罗那，而是在这么偏僻的小镇？”我以这个问题做开场白。伊格纳西奥则是大方地承认：“总部原本设在马德里，但经济因素一直困扰着我们。第 20 期出刊后，大家考虑停刊，除非有人愿意承担业务和财务。我觉得太可惜，便试着扛起来，并将总部迁到乌特雷拉以节省开支。”

PHOTOVISION 的共同创办人兼编辑小组成员共四位，除了伊格纳西奥，还有阿道夫·马丁内斯（Adolfo Martinez）、乔安·丰特库韦塔（Joan Fontcuberta）和拉斐尔·莱文菲尔德（Rafael Levenfeld），每个人都有主业，余暇再贡献给杂志。

马丁内斯从创刊就掌理业务并主导杂志编辑方向，但为了工作不得不迁居伦敦。伊格纳西奥接任主编后，编辑理念更为自由，经常开放园地给长期钻研某项主题却苦无发表机会的人，让他们的心血被更

伊格纳西奥把 *PHOTOVISION* 编辑部从马德里搬到乌特雷拉小镇，扛起这本杂志的营运重任。（阮义忠摄于 1994 年）

多人知道。

总部转到乌特雷拉之后，又多了一位编辑马诺洛·拉吉略（Manolo Laguillo）。五位编辑分居五个城市，令人好奇他们如何开编辑会议。

“平常用电话或传真讨论，不过每年总会见见面。”伊格纳西奥笑着表示，“还好现在传真方便又便宜，否则真吃不消！”聚会地点多半在巴塞罗那或其他大城市，业界没人来过乌特雷拉，难怪伊格纳西奥对我们的造访格外高兴！

古典摄影与前卫影像

伊格纳西奥谈到 *PHOTOVISION* 的创刊宗旨及目前走向：“我们本来是办为西班牙本土，以及中南美西班牙语系国家服务的刊物，现在看来是有点偏离原方针了，有一度蛮重视美术性和观念性摄影。中南美洲的摄影表现比较属于人文报道，也许可在以后把介绍前卫摄影的脚步放慢一点，把新闻摄影加强一下，以求平衡。”

说着说着，他反过来问我：“我对《摄影家》杂志最好奇的是，你们多半只介绍纯摄影，极少刊登那些利用摄影制造出来的影像。是什么原因使你这么坚持？”

我告诉他：“我是个老派的人，一直相信摄影之所以有别于其他艺术，是因为它有自己的传统。我并不坚持摄影应当具备某种特定样貌，美术摄影、观念摄影或新闻摄影都是摄影的类别。可是，既然办杂志，我就宁可把大部分精力贯注于具人文精神的纯摄影。也许有人认为新闻摄影没有新鲜感，我却认为它像古典音乐，永远不会落伍。摄影作品只有好坏之分，没有落伍或不落伍之别。我也知道现在计算机影像很流行，而我们这本介绍古典摄影的杂志，有一天也会因市场太小而不得不停刊。但我宁可让这本杂志因坚持人文精神而结束，而不是为了生存而妥协。任何事都有阶段性，我希望《摄影家》能迈入21世纪，把世界上最好的古典摄影做一个总整理。还有几年就是2001年了，我的心愿不难实现！”

几杯咖啡下肚后，严肃的话题告一段落。伊格纳西奥带我们参观这栋住家兼办公室的大宅院，房子虽老旧，可是论占地之广、房间之多、气派之大，绝对可在我的摄影朋友中称冠。

“能住这种房子，莫非你是大富豪？”我笑着问伊格纳西奥。

“这你就搞错了，这是人家要拆掉的老房子，我用很低的价钱把它买下来，再自己一点一点整修。所有的木工、粉刷都是我们全家人慢慢弄的。”他笑着指指天花板上的小灯泡，说，“你看，有些吊灯都还没钱装呢，所以只能用小灯泡。其实我很穷，这些小灯泡就是证据！”

乒乓外交

我们逛了一个又一个房间，有好几间在台湾都足够一个小家庭住了。顶楼阳台的视野极佳，虽已傍晚7点多，太阳依旧耀眼得好像是台湾的正午时分。伊格纳西奥兴致勃勃地向我们展示中庭遮阳棚的控制机关；很少开口、一直笑眯眯地陪在旁边的女主人突然问我会不会打乒乓球。侧厢有一排还没开始整理的房间，其中一间放着一张刚买的球桌。

“人人都说中国人最会打乒乓球，小卡门听说你们今天要来，一直在等着找你们玩呢！”内人对乒乓球一窍不通，但我在少年时期可是一把好手，还参加过比赛。尽管已有20多年没打，但应付个小女孩应该没问题！

我卷起袖子、戴上眼镜，欣然上场。小卡门虽然技术不佳，可是

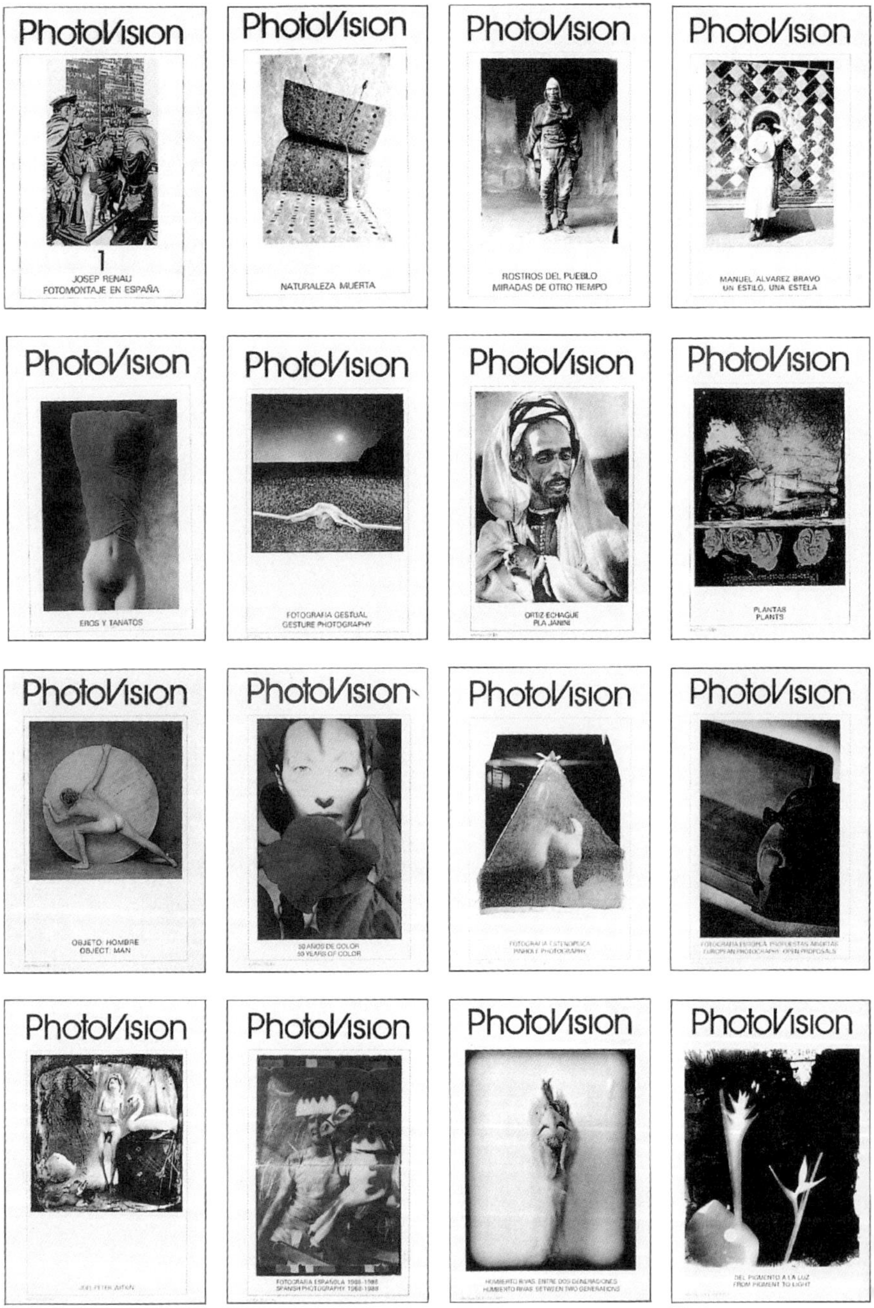

PHOTOVISION 以专集方式出版，从第 1 期至第 24 斯的封面及内容大纲。

PHOTOVISION

1981 年 7 月创刊

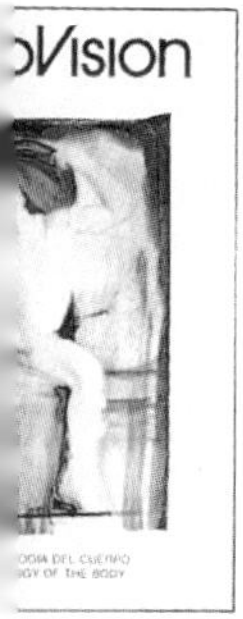

No.1 “何塞 · 雷瑙——西班牙的摄影蒙太奇”
(Jose Renau - Photomontage In Spain)

No.2 “静物”
(Still Life)

No.3 “人们的脸孔——另一个时代的表情”
(People’s Faces——Expressions of another Time)

No.4 “曼纽尔 · 阿尔瓦雷斯 · 布拉沃——一种风格，一个学派”
(Manuel Alvarez Brava——A Style,a School)

No.5 “夜晚的诗篇”
(Poetics of the Night)

No.6 “童年情景”
(Childhood Visions)

No.7 “爱神与死神”
(Eros and Thanatos)

No.8 “姿态摄影”
(Gesture Photography)

No.9 “荷西 · 奥尔蒂斯 - 埃查圭，普拉 · 仰尼尼”
(José Ortiz-Echagüe, Pla Janini)

No.10 “植物”
(Plants)

No.11 “土地，人，仪式”
(Lands, People, Rites)

No.12 “塞维利亚：1842—1900”
(Seville：1842—1900)

No.13 “对象：人”
(Object: Man)

No.14 “色彩五十年”
(50 Years of Color)

No.15 “针孔摄影”
(Pinhole Photography)

No.16 “欧洲摄影：公开建议”
(European Photography: Open Proposals)

No.17 “廉价相机”
(The Cheap Camara)

No.18 “自拍像：自恋或触怒？”
(The Self-portrait: Narcissism or Provocation？)

No.19 “乔尔 - 彼得 · 威特金”
(Joel-Peter Witkin)

No.20 “西班牙摄影 1968—1988”
(Spanish Photography 1968—1988)

No.21 “温贝托 · 里瓦斯：两代之间”
(Humberto Rivas: Between Two Generations)

No.22 “从颜色到光线”
(From Pigment to Light)

No.23 “身体考古学”
(An Archeology of the Body)

No.24 “勒令混乱”
(Ordering the Chaos)

特别兴奋。我顺着她的球路打了一会儿，僵硬已久的筋骨才活络起来。

“你的技术不错嘛，应该叫伊格纳西奥跟你玩儿回！”观战的大卡门提议。

我们两个的段位果然旗鼓相当，大概都好一阵子没打了，刚开始的攻球、守球只能用频频失误来形容，捡球次数比发球还多。慢慢进入状态后，双方开始使出看家球路。伊格纳西奥特别爱杀球，慢慢占了上风。就在汗流浃背、难分难解之际，他的一记杀球太高，直朝我的脸上飞来。“锵”的一声，眼镜被打个正着，飞落在地。

“抱歉，抱歉，眼镜有没有坏？”

我捡起眼镜，看看没事，对他竖一下大拇指，道：“Made in Taiwan, no problem!（台湾制造，没问题的！）”

球局就此打住，小卡门牵着我的手，带我到浴室去。洗完脸，大伙儿在那空间无比奢侈、家具却十分简陋的中庭歇息。袁瑶瑶跟大卡门、玛丽亚聊天，伊格纳西奥则是捧了一堆摄影家的作品给我看。

天色依旧明亮，虽然已经晚上 8 点多了。

西班牙式的喜剧

接下来的经历，绝对是西班牙式的喜剧。时间一分一秒地过去，都 9 点多了，这家人依旧优哉游哉的，我们却开始有点发毛：一方面担心错过回塞维利亚的火车，一方面也实在是太饿了。我跟内人商量，要是他们没打算请吃晚饭，最好趁早告辞，在上火车前找点东西塞肚子。

“有火车时刻表吗？”内人问。伊格纳西奥、卡门和玛丽亚同时摆手又摇头：“不要紧，不要紧，时间还早着呢，再坐一会儿，最后一班火车是 10：40！”那也只剩一个多小时啦……西班牙人的时间观念的确跟我们不同。

沉住气，继续磕牙，光阴的脚步好像也因为这份从容而慢了下来。

终于，伊格纳西奥表示："现在，我们该去吃点东西了！"

我们夫妻面面相觑，也不好意思多问——已经快10点了，还有时间吃东西吗？"说不定用餐地点就是火车站前面的那家小酒吧，要是这样，也许时间还够……"内人这么揣测。

五个大人、一个小孩登上一辆粗犷的中型旅行车，司机却是瘦伶伶的玛丽亚。车子启动没多久，坐在玛丽亚旁边的伊格纳西奥开始指挥方向。我们又是一惊：难道玛丽亚不知道火车站在哪儿？玛丽亚当然知道火车站在哪里，只是目的地不在附近，而是一家稍微偏远的、伊格纳西奥朋友新开的馆子。

除了我和袁瑶瑶，好像没人在乎时间问题。车子开到一家其貌不扬的小餐馆，一行人坐下就占据了三分之一的位置。老板本来就够殷勤了，在伊格纳西奥夫妻用一大串本地话介绍我们的来历后，显得更热络，自信满满地拿起菜单与伊格纳西奥讨论菜色。两人表情丰富，大有"一餐定江山"的味道。

我们诚惶诚恐地表示，时间不多，随便吃一点就好。那二人一起露出无奈的表情，又商量了一会儿才定案。"点的都是最容易准备的小吃，不会花很多时间！"玛丽亚安慰我们。

菜果然上得极快，红酒、面包与冷盘上桌后，接连来了四个瓦钵子，都是omelette（西班牙炒蛋）。一种炒菇蕈、一种炒香肠、一种炒四季豆，另外一种忘了是什么，总之，每一道都好吃极了。吃得出的食材有大蒜、辣椒、洋葱，像极了咱们的家常菜！

美食当前，时间紧迫，只有当机立断，不顾来自礼仪之邦的规矩，狼吞虎咽牛饮，高昂的吃兴让主人颇为欣慰！

伊格纳西奥和夫人、女儿在他家宅院中庭。（阮义忠摄于 1994 年）

乌特雷拉的末班车

瞧瞧时间，10：32——还有 8 分钟火车就要开啦！终于所有的人都着急了，一行人火速跳上旅行车。玛丽亚车开得飞快，大家在车里紧张兴奋地又叫又笑，气都喘不过来，西班牙人和中国人同时表示，好像身在美国人拍的电影里！

10：41 才到火车站，一个乘客也看不到，幸好火车还在，伊格纳西奥跟我们一起冲到购票口！售票员 50 来岁，懒洋洋地找笔、找票，我们急得一直拜托他快点，他却不当回事，摸出包香烟，慢吞吞地点上一支。

伊格纳西奥质问，他抬起眼皮咕哝两句，竟让我们的朋友哈哈大笑！原来这位仁兄还兼任站长，他不吹哨子，火车不能开。何况，关好栅门，他自己也得搭末班车回塞维利亚。

乌特雷拉之旅就要结束了，虽然只相处了短短四个多钟头，大家却十分不舍。一一拥抱、道别，小卡门又在我们脸上亲了好几下。火车开了，整列车厢只有我们和站长。伊格纳西奥、大小卡门和玛丽亚在月台上向我们拼命挥手，身影愈来愈小。

带着彼此给予的温暖，我们将会各自回到自己的小地方，尽最大的努力把杂志办好。虽不容易，这却是我们最爱做的事。想起聊天时问伊格纳西奥，对 *PHOTOVISION* 的前途怎么看。还没张口，敦厚寡言的太太就代伊格纳西奥回答了："他这人一向对任何事都悲观，对这本杂志却是乐观无比！"

祝福你们，乌特雷拉的好同志！

塞维利亚是西班牙最南方的安达卢西亚区首府，市内的圣塔玛利亚大教堂则为欧洲第三大。（阮义忠摄于 1994 年）

游塞维利亚

访跳蚤市场

人人都说塞维利亚好

有位在海外漂荡十多年的朋友，曾在塞维利亚住过半年，认为世上没一处像塞维利亚那样让她怀念。记得当时收到她陆续寄来的明信片，就觉得她快变成西班牙人了。

一位法国摄影朋友也似乎爱西班牙甚于爱他的祖国，出的两本摄影集一是关于斗牛，一是关于弗拉明戈。他平常老不带劲儿，但一谈起塞维利亚，整个人就像突然活过来一样。“塞维利亚的天空就是蓝得跟别处不一样，我随时都想再回去……”

一位通信年余但最近才见面的西班牙摄影家，得知我们要去塞维利亚，特地带来他那已被翻旧的地图，指着几个非去不可的景点，再三强调：“那儿的人最会享受生活，懂得怎么过日子！”

除了听朋友讲，平时从地理杂志和旅游文章上看到的描写也都好得不得了。这反而让我有些担心，期望太高，说不定反而容易失望。

现在，我们已经从西班牙回来了，可以很笃定地说，塞维利亚之行不但痛快，还有比预期更丰富的收获。虽只停留了短短六天，但吃、住、看、听、玩样样尽兴，尤其是意外发现了每个礼拜一次的跳蚤市场。

几个卖老摄影明信片的摊位让我们如获至宝，来来回回欣赏了两个多钟头，就像到了另一个时空的西班牙。

尽管买回来的老明信片不少，可是，一想到当初没咬牙把荷西·奥尔蒂斯-埃查圭（1886—1980）那12张“摩尔族风情”买下来，就觉得特别后悔!

售价之所以高，是因为那套明信片的每一张都盖有五十年前的西班牙军邮戳记。《摄影家》杂志第3期《阿尔勒摄影节专号》曾介绍过这位西班牙国宝级大师的作品。他曾被世人遗忘了数十年之久，作品在那个年代会被出版商拿来印明信片，可能是着眼于摩尔人的异族情调!

在一家摄影博物馆的档案室里，我曾看过埃查圭的影集及零星复制品被当成宝一样锁在柜子里，但那套明信片并不在其中，可见知道那辑作品的摄影圈人士并不多。可遇而不可求的珍品，我却没当机立断把它拿下，真是后悔啊，后悔!

也好，有这个遗憾，回忆起塞维利亚会多些回肠荡气!

对我而言，塞维利亚经历中所有的人、事、物都是搅在一块儿的，想到一件事，就会想到另外好几件事，而脑海闪过一个画面，另外几个画面也会紧跟着浮现出来。

说到跳蚤市场，就得从我们抵达塞维利亚的第一天讲起。

一千零一夜的旅店

马德里到塞维利亚的AVE快速火车，行车时间号称两个半钟头。倒也没错，只不过快进站时，不知为何在站外停了一个多钟头，出月台时已是晚上11点多。旅游服务台已收工，我们把行李拖到公用电话

由历代摩尔王国所建的塞维利亚宫殿，混合了伊斯兰教王朝、哥特式和文艺复兴时期的建筑风格，是阿拉伯和天主教两大文化的产物。（阮义忠摄于 1994 年）

旁边，摸出朋友给的单子，开始一家家找旅馆。

一颗星的Simon只有一个晚上的空房，而两颗星的Murillo可住一星期，且价格适中，便马上订下。叫了辆出租车，司机只会讲本地话，一路比画了半天，也没能让我们弄明白他的意思，直到下车才恍然大悟，他说的是："旅馆在古城区内，路很窄，车进不去，你们得自己拖行李走一段。"

夜虽已深，暗沉的天际却仍透着一抹尚未灭去的蓝。环顾四周，氛围与之前去过的欧洲城市截然不同。小花园里的石椅、栏柱刻满了阿拉伯纹饰，高耸的古城墙被探照灯一打，金灿灿的，像黄金砌的。每条小巷铺的都是鹅卵石，在路灯下圆润晶亮，迷人得像宝石。

一切美得如此梦幻，令人感觉置身于《一千零一夜》的童话世界里。这儿会有旅馆吗？就是有，又怎么可能只是两颗星？我们怕走错路，站着发愣。两对中年夫妻又唱又笑地经过，热情地举手跟我们打招呼，每个人脸上都是红通通的，显然刚享用过美酒美食。其中一位先生醉得都有点大舌头了，没等我们开口，就指着一个方向："Hotel——Murillo——"

愈往深处街灯愈不亮，沉重的行李箱在卵石路上拖起来可费劲了，巷子既窄又长，还弯弯曲曲的。左拐右弯，终于听到了人声，阵阵谈笑声穿过夜色，显得格外清脆。再拖二十来步，就看到了十字巷口的露天矮桌矮凳。五六名男子正就着几碟小菜喝酒，下榻处就在酒馆对面。

旅社古色古香的陈设令人陶醉，到处张挂着阿拉伯风味的壁毯，厚实的木条在天花板下交错而成特殊图案，几尊中古世纪的罗马战士盔甲立在墙角。厅廊里的皮座椅、木茶几，造型模仿罗马风尚，细部修饰又彰显了中东趣味，这就是此地著名的罗马、摩尔文化交融的产物。只不过一间小旅馆的小前厅，就可让人看出塞维利亚果然与众不同。

房间在面街的三楼，打开窗户就可俯瞰街上的小酒馆顾客。凌晨2点了，疲倦至极，却一丁点不觉得被干扰。这样的夜色，这样的空气，一切都显得再和谐不过了！听不懂的叽里呱啦声像催眠曲，把从头到脚松软无比的我们迅速带进梦乡。

安达卢西亚的摩尔传统

第二天早上是被歌声唤醒的，从没有过这样的经历，却感觉理所当然。一个愉悦的男高音从巷子那头走过来，经过窗下，继续前往另一头，方圆几十米内的人都分享了他的好心情。推窗一看，塞维利亚不但早就醒来，游客也已三五成群地逛来逛去了。原来，我们就住在古城区中心，与摩尔历代国王所建的宫殿花园“塞维利亚宫”（Alcazar and Gardens）为邻。

安达卢西亚（Andalusia）区的首府就是塞维利亚，该区由西班牙最南方的八个省组成，面积九万平方公里，气候宜人、土壤肥沃。罗马人殖民时一手培植的小麦、葡萄与橄榄油买卖，直到现在依旧兴旺。摩尔人曾长期占据此区，在格拉纳达（Granada）省的治理更是长达800年。伊斯兰教王朝在此发展了灿烂的伊斯兰教文化，虽几经内部分裂与外敌入侵，影响力仍持续至15世纪。有关摩尔族的传统，安达卢西亚比西班牙其他地区保存得都多。

塞维利亚是西班牙第四大城，也是境内唯一的河港城市。从史前时代到13世纪，此城的历史可用下面的句子来概括。在很久以前，某处古迹的门上就被刻着：“赫拉克勒斯（Hercules，希腊神祇）建造我，恺撒（Caesar，罗马皇帝）用城墙、高塔包围我，圣特王（King Saint，西班牙前身的卡斯提尔王国君主）占据我。”

摩尔人于公元 712 年来到安达卢西亚，科尔多瓦（Cordoba，位于塞维利亚东方）的伊斯兰教领袖于 11 世纪失势后，塞维利亚被建立为富庶的阿尔摩哈德王朝（Almohad Kingdom）首府，又于 1248 年被圣特王从摩尔人手中夺回。15 世纪，塞维利亚的繁荣达到巅峰。美洲大陆被发现，西班牙及其他欧洲各国前往新世界的探险队络绎不绝，而所有队伍都得经由塞维利亚的港湾出发。

文化互叠的古迹

如今的塞维利亚人口约 65 万，走在市区的任何角落，都能感受到她的辉煌历史以及曾经高度发达的经济。城市虽历经改朝换代，被伊斯兰教、天主教政府轮流统治，各方的文化遗迹不但没被摧毁，还彼此交融、和平共存，形成美妙而特殊的景观，为今日的塞维利亚打造了丰富的观光资源。著名古迹除了塞维利亚宫，还有圣塔库斯犹太人区（Santa Cruz Quarter）、大寺庙（Santa Maria Cathedral）以及西班牙广场（Plaza Espana）。

塞维利亚宫将伊斯兰教王朝、哥特式与文艺复兴时期的建筑风格熔为一炉，是阿拉伯和天主教两大文化的产物，分为展示廊、皇府与彼得大帝宫殿三大部分。阳台花园种着许多外国的奇花异草与灌木，一望无际的植栽瓦盆既具装饰性，又有冷却作用。花园与每个殿堂的装饰都极尽工匠之能事，布局繁复巧妙，令人目不暇接。

圣塔库斯是 17 世纪塞维利亚贵族最钟爱的区域，如今也仍有大量观光客在此流连。它的工作坊、小街、铸铁缠绕的花饰围栏与天井、橘树跟棕榈树成荫的广场都引人入胜。于12世纪开始兴建的大寺庙又称圣玛利亚大教堂，是欧洲第三大教堂，面积仅次于梵蒂冈圣彼得大教堂与伦敦圣保罗大教堂。原址为一伊斯兰教寺庙，兴建时依旧保存了原庙的塔尖风向标与种满橘树的庭院，但经过后代修整，教堂与塔尖的样貌已不复从前。大教堂建筑风格多样，内部的艺术宝藏也多得列不完。

雄伟的西班牙广场，目前是政府各级单位办公之处，不对外开放参观。广场开阔壮丽，阶梯围栏装饰之精之美，不亚于塞维利亚宫。

神圣周与四月节

在平常，光是被众多古迹和迷人气氛所吸引来的观光客就够多了，每年三月的“神圣周”（Semana Santa）和接下来的“四月节”（Feria de Abril）更是让整个城市陷入疯狂，天天人满为患、时时高潮迭起。

我们未能躬逢其盛，但书里的描写已够令人神往。神圣周期间，各教堂的徒步游行队伍在夜间从每个角落出发，抬着安置有彩绘木雕神像的巨大轿舆。每尊木雕都镶着令人眼花缭乱的珠宝、鲜花，由25至60位壮汉扛在肩上缓慢行进。长长的队伍，三不五时会被窄巷中、人群里冒出的即兴舞者阻断，这些人会来上一段弗拉明戈。

忏悔的修行人伴随神像而行，每人拿着一根点燃的长蜡烛，脸孔藏在高高尖尖的面罩里。乐队当然少不了，鼓笛手们从不休息，只有在受感召的信徒突然高唱“saeta”（以弗拉明戈音乐为主的宗教挽歌即兴创作）时，乐声才会短暂地停歇。

等到橘花盛放，“四月节”来临，大片空地上便会搭起一间间帆布小屋，建成一个临时的“假城”，在里面设好摊位、装上灯笼。男人身

西班牙广场是 Anibal Gonzalez 所兴建的雄伟建筑群，目前政府单位在此办公。
（阮义忠摄于 1994 年）

着传统短外套、套裤、长靴，妇女则套上荷叶边长裙。大家仿佛回到了19世纪,在似假还真的市集中买卖农产品。整个城市在白天布满马车、游行队伍，到晚上就变成了充满灯光、音乐、舞蹈和斗牛节目的露天表演场。身着古装的民众沿城起舞，当街高歌。

想赶热闹，就必须付出比较高的代价。我们的房间门上就贴了一张价目表，显示届时房租为平常的两倍，吃的、喝的多半也会出现“季节价”。当然，对蜂拥而来的游客而言，花再多钱也值。在此待上几天，就会跟来自世界各地的人打成一片，仿佛人人都成了塞维利亚人。

征服所有肠胃的“塔帕斯”

去任何地方旅行，只要吃得不好，就很难打心底认同那个城市。塞维利亚当然不在此列,当地料理能征服所有人的肠胃。回台湾已两个月，我和内人依旧念念不忘那儿的美食。

一般家庭差不多9点开始晚餐，10点进餐厅的也大有人在。就算正常午餐时间是下午两三点，中间隔的时间也未免太长了。好在大街小巷的小酒馆随时都供应种类丰富的小碟食物,总称“塔帕斯”(tapas)。

这一碟碟的美味小菜以冷盘为主，也有热的炸鱿鱼或小瓦钵装的蔬菜炖肉。凉菜除了常见的橄榄、马铃薯沙拉、凉拌甜椒，醋浸鳀鱼、烟熏鲑鱼、凉拌花枝、小蚌壳、白灼红虾、螃蟹也几乎是家家必备的好料。

顶顶好吃的还有肥润不腻、入口回甘的生火腿。用蜜糖与其他佐料腌过、风干的猪后腿，整只横在特制木架上，稍微靠近就能闻到那股咸、鲜、香味。随点随切,客人喜欢什么部位,酒保就抄起架上亮晃晃的利刀,片下黄澄澄、油亮亮、红彤彤的一碟。

每家酒馆少说也有二三十种小菜，在吧台上一目了然。指一指喜欢的，酒保就会端过来，掏出围裙口袋中的粉笔，把价格写在桌板上，一盘一个数。顾客结账走人,数字就被擦掉,连账单都省了。想节约一点，物美价廉的小菜还可当正餐，配上店家附赠的两块白面包或一把小饼干，若再来一两杯红、白葡萄酒或啤酒，就更完美了!

西班牙的生活离不开小酒馆，去那儿不只疗饥解渴，还能聚会聊天、发呆，打发时间。人人都有中意的小酒馆，每天几乎都要去坐一会儿、磕磕牙。每逢周末假日，小酒馆家家客满，亲朋好友腻在一起，不到凌晨两三点不回家。

夜巡小酒馆

要是没勇气走进那烟雾弥漫、喧嚣嘈杂，与陌生人挤在一起，而且桌面经常油渍渍、湿淋淋的小酒馆，就无法体会当地人的生活乐趣。

我们几乎每天都到不同的小酒馆体验，最难忘的就是一个周六晚上。本来已上床休息，翻来覆去没睡意，干脆出去夜巡。大部分商家已打烊，散布在巷内的小酒馆，热闹劲儿却才刚开始。鳞次栉比的酒馆家家爆满不说，门外、走廊，或停放附近的汽车旁都有人当街对喝，酒杯、酒瓶就放在窗台或汽车引擎盖上，让不知夜生活为何物的我们啧啧称奇。

不远处突然爆起如雷般的掌声和欢呼，我们赶紧去看热闹。原来，一桌年轻人听不下去卖唱的表演，其中一位干脆把吉他借过来，嗓子一拉就唱起来。五个人看起来仅是普通上班族，嗓子却个个好得惊人，默契也没话讲！一位弹吉他，其他人就击掌跺脚、打拍子助阵；

一位独唱，其他人也会自动和音，弹唱的水平之高，不亚于一流的职业团体。

只见他们把吉他递过来传过去，热情奔放，叫人看得过瘾极了！所有顾客都情绪高昂，不但跟着节奏击掌、踩舞步，还一轮轮地叫啤酒请他们喝。吉他节奏越来越快，歌声越来越高亢，满屋子人都要沸腾了……一位卖花女子按捺不住，生意也不顾了，挤到正在弹吉他的帅哥身边跳起舞来。

女子酒意浓厚，称不上老，但面容沧桑、衣裳陈旧，道尽了生活的不易。但是，看哪，此刻的她是那样自由奔放、神采飞扬，整个人在乐声、歌声的挑逗下，尽情地以肢体语言表达自己，享受着众人给她的掌声与喝彩！一切属于人民，即兴自然，不带任何商业味道。这正是地道的弗拉明戈精神。

摄人心魄的弗拉明戈

“弗拉明戈起源于吉卜赛人和阿拉伯地区，是安达卢西亚真正的灵魂展现，而最好的弗拉明戈表演艺术就在塞维利亚、马拉加（Malaga）和马德里。”看到米其林的小绿书这么写，身在塞维利亚的我们，决定无论如何都要看场专业的。

塞维利亚的所有旅馆几乎都代售入场券，受欢迎的场子多半每晚演出两场：9 点到 11 点、11 点半到 1 点半。柜台陈列了四五家的票，让人不知如何是好。经理建议：“每个表演团体都很好，要是怕迷路，就到离旅馆最近的那家好了！”

剧场就在旅馆隔壁巷子的转角，外表一点也看不出是演艺厅。入口窄小，既无招牌也无海报，直至进入玄关，见到墙上挂满了演员照片，

弗拉明戈起源于吉卜赛和阿拉伯，是安达卢西亚真实灵魂的展现。塞维利亚是发源地。

才确定没走错。通过小玄关，再拐个弯，一个小舞台出现了，大约有150个位子，不对号，先来的人占了前面的好位子，后来的就只能靠边上坐。场子不大，即使角落视野也不差。

两年前在巴塞罗那也看过一场，两者相较，那儿的布置和气氛有点像夜总会，观光气息比较浓。这里就朴实多了，陈设简单，观众们排排坐，直接面对舞者、歌者与吉他手，彼此之间不需装饰，也无隔阂。细看，细听，除了我们两个中国人，还有法国人、美国人、德国人、日本人、意大利人、英国人和东欧人……弗拉明戈的魅力可见一斑！

巴塞罗那的那场记忆犹新，之前，其他表演艺术从没让我的视听感官有如此强烈的体验，整个晚上都被高亢的歌声与狂野激情的肢体动作撼动着。弗拉明戈是极为性感的表演艺术，歌者与舞者将极欢乐与极痛楚的情绪同时显现，性爱意味极浓。记得当时我还在想，人人都说塞维利亚的弗拉明戈更好，这里的表演已经让人神魂颠倒了，比这个还好的好，究竟是怎么个好法？

表演开始了。吉他手弹指如飞，歌者击掌打拍子，与变幻莫测的吉他节奏高声唱和。接着，女舞者从舞台一侧的小回旋梯现身，拾级而下，边走边舞；上衣紧裹躯体，下身是开衩大蓬裙，花边、垂饰累累。

光是这样的开场，已让人感受到两地风格确有不同。此外，巴塞罗那的歌者、舞者喜欢用力跺脚，把地板踩得震天价响，爆发力极强。塞维利亚的演绎则内敛多了，跺脚不那么猛烈，击掌不那么使劲，所有情绪都化在歌声与舞姿当中，释放、辐射、绵绵不绝。外行如我也能感受到，塞维利亚的弗拉明戈确实略胜一筹！

演员包括三位男歌手、两位吉他手、七八位女舞者与一位男舞者，彼此轮流搭配，构成三人、四人或五人一组。每支舞码总是在淋漓尽致的高峰戛然而止，让人回味无穷。舞者各自的诠释也不同，有的抒情，有的性感，有的温柔，有的愤怒，有的挣扎。出场顺序安排巧妙，让观众毫无抵抗力地被舞者牵引，随着他们喜怒哀乐，刚被一种情绪扫过，立刻又被另一种情绪电到，心灵触感一再被开发。看完表演，整个人有虚脱之感，仿若洗了一回性灵桑拿，每根神经都被按摩过甚至电击过，上下里外彻底松软。

惊喜的叹息

弗拉明戈的另一种冲击，就是让人饥肠辘辘，我们决定立刻去那家早就相好的餐厅。在等待进场时，小花园旁的一位年轻侍者吸引了我们的注意。正在摆设露天座位的他，除了制服特别挺拔，专注的神情也令人不得不多看两眼。

每天重复的动作被他执行得一丝不苟，仿佛铺桌巾、排餐具都是某种仪式的一部分。每张台布都被铺得平滑无比，没有一丝皱褶，四边方整如刀切，就连布料下摆的长度、弧形都整齐一致。铺好再钉牢，免得随风飘扬，干扰客人用餐。连铺桌布的侍者都这么认真，厨师还差得了吗?

表演看完已 11 点半，露天座上只剩两桌客人，而且都在用甜点。两鬓带霜的餐厅经理带着矜持的微笑，优雅地走过来，招呼我们入座的那份殷勤，仿佛遇到了此生最重要的客人。

法国料理是这家餐厅的特色，刚受过弗拉明戈洗礼的我们充满冒险精神，专挑看起来怪怪的菜。法兰西的菜名不像中国菜那样约定俗成，各家自创拿手菜，菜名就是材料的总集合。

我点的前菜叫作 Salade de Melonet jambon de Canard，à l'huile de noisette，主菜是 Foie d'oie frais saute, au vinaigre de miel。内人的前菜叫作 Asperges Sauvages avec Carpaccio de Morue Legerement fumé，au coulis d' avocado，主菜是 Tounedos de Veau au Foie Natural, Sauce moutarde légere。

内人请经理依菜色配酒，当他笑容迷人地表示“菜点得真好”时，我们只当他嘴甜。没想到真的是美味极了，简直就是我吃过的最迷人的法国菜之一，地点却是在西班牙。因此，不能不为之一记：醇美的红酒用水晶瓶装着，热腾腾的香软面包卷用白布裹着。我们举杯浅酌，前菜来了！我的是：嫩鸭腿烟熏切片浸核桃油，新鲜莴苣叶淋微酸酱汁，蜜瓜切片。内人的是：熏盐鳕配野生芦笋，佐鳄梨酱汁。

还没动刀叉，摆盘与配色已叫人开心：淡黄的核桃油从玫瑰色鸭肉上流淌至铺底的青翠生菜中，酪黄蜜瓜轻罩雪白糖纱，奶白鱼片温柔裹着墨绿芦笋，上淋浅绿酱汁。这么美的图画，还真得心一横才能切开，送进口里，滋味就更妙了。口感复杂，有咸有甜也有酸，每种食材个性分明，却交融和谐。肉的嚼劲、菜的爽脆、瓜的香软……吃着吃着，不禁感谢自己把烟戒了；从前的舌头被尼古丁麻痹了二十多年，哪能感受得出上等烹饪的精妙！

主菜更绝！一盘是新鲜鹅肝淋蜂蜜，一盘是鲜鹅肝小牛肉浇芥末酱汁。鹅肝晶亮肥美，嫩得发颤，四大片躺在金黄色的蜜汁上。带血小牛肉罩着浅褐色肝片，美美地淋上芥黄酱汁。汁浓肉美肝腴，虽入口即化，鲜味却久久不散！

我们满意地叹息，向经理竖起大拇指。他矜持地浅笑，随账单送上一本印刷精美的小册子。打开一看，是西、法、英三国文字的旅游推荐书，内容是西班牙 1994 年评价最佳的餐馆、旅店。原来，这家名为 La Albahaca 的餐厅是数一数二的好馆子，获得最优等的三支餐叉。

ESTANCIAS DE ESPAÑA

HOTELES Y RESTAURANTES CON PASADO

1994

La Albahaca

28

Ubicado en la planta baja de una casa-palacio catalogada en la famosa plaza de Santa Cruz, obra del insigne arquitecto Juan Talavera Heredia, el restaurante despliega bellísimos motivos ornamentales: columnas romanas, capiteles visigodos, artesonados, puertas talladas... Los propietarios, que cuidan personalmente todos los detalles que pueden complacer a los clientes, también han querido conservar su dilatada historia a través de una decoración asentada en cuadros y muebles antiguos. El patio, cubierto por una montera, se utiliza de hall y distribuidor de los tres comedores, "azul", "verde" y "rosa", mientras que su terraza frontal invita a comer al aire libre durante más de la mitad del año. Su cocina, llena de aromas y elaborada con productos escogidos, cambia con las estaciones del año para sorprender en cada ocasión con platos modernos y alegres.

Un excellent restaurant dans un elégant palais de Seville. Puis vous entrez et c'est le coup de foudre. L'accueil a quelque chose d'exceptionnel, la cuisine a un goût de fête, le décor n'est que raffinement... Et comme l'ambiance andalouse est gaie et joyeusel.

An excellent restaurant in an elegant palace, in Seville's famed Santa Cruz quarter. The guest senses that this is a special place on entering. The welcome is effusive, the meals are served with a festive air, and the decor is exceptionally refined.

100 CARTA: 6.500 pts.
MENU: 4.000 pts.

ESPECIALIDADES:

1º Ensalada templada de mollejas de pato al vinagre de frambuesa.

2º Dorada de porción a la donostiarra; faisán en salmis con su pechuga rellena de jamón de jabugo con salsa de castañas.

Postres: tarta Tatín sobre coulis de kiwi.

Restaurante
LA ALBAHACA
Plaza de Santa Cruz, 12
41004 **SEVILLA**

Tel: (95) 4220714
Fax: (95) 4561204
Director: Mª Luisa del Vando Figueroa
Cocinero: Javier Muguruza

Abierto todo el año, excepto domingos, de 13 a 16 y de 20 a 24 horas.

Visa, American Express, Diners

La Albahaca 餐厅，获得旅馆、餐饮业的“三支叉子”高评价。

斗牛迷聚集在场外，等候偶像进场。(阮义忠摄于 1994 年)

这么精彩的一顿，得花多少钱呢？账单上的数字让人惊喜，我们又满意得叹息了！

斗牛之乡

小时候总以为，“西班牙”的另一个名字就是“斗牛”。塞维利亚不但是斗牛之乡，还有一种特定的斗牛招式，来到塞维利亚，不能不看斗牛。

骑马斗牛是中世纪到18世纪时，西班牙武士打发时间的一项荣耀活动。后来，统治西班牙的法国波旁皇族（Bourbons）没此胃口，斗牛便不再专属贵族，渐渐流传到民间。18世纪时，一个叫罗梅罗（Romero）的家族首定战斗规则，再经后人创新，演变为今日的风格。公牛也从早期600公斤的5岁成牛改为4岁的450公斤成牛，缠斗更灵活，更能考验斗牛士的技巧。一些伟大的斗牛士还自创高招，流传后世。

传统斗牛赛于下午5点开始，每场由三位斗牛士各表演两回，所有服装道具都沿袭了17世纪的规格。一个礼拜只有一场，停留的时间不巧就会错失机会。我在法国南方的阿尔勒看过这场面，牛只活生生地被折磨至死，斗牛士也从头到尾饱受生命威胁，感觉惊心动魄、极为残酷，却又优雅、神秘、慑人。越是危险，观众就越高兴，场面不够刺激就大喝倒彩，还丢东西入场羞辱斗牛士。

对我来说，一生可看一次，但一次也就很够了。有了阿尔勒的经验，本来不想再看，可是，看了此地的弗拉明戈就会想，说不定斗牛也有独到之处。

西班牙人干啥都迟到，唯独看斗牛守时。我们早早就来到斗牛场附近的一家小酒馆，边喝甜酒边等，可是有人比我们更早。四五十位

塞维利亚的周日跳蚤市场。（阮义忠摄于 1994 年）

数量庞杂的明信片不乏有趣影像，其中又以斗牛士肖像最受喜爱。

男女老少打着一式领巾，或站或坐或走动，时间差不多了便朝后门方向走去。我们当然尾随其后，跟着凑热闹。原来，斗牛士们就从那儿进场，这群人守候的目的便是送花献吻，和其他国家迷歌星、运动员没啥两样。

塞维利亚的斗牛场是仿罗马圆形竞技场的近代建筑，面积虽比阿尔勒大，但气派稍逊。当天节目是特别企划，专门让年轻人亮相，三位主斗牛士最大的22岁，最小的只有17岁，站在硕大的黑公牛旁边，更显得稚嫩。

我们没看完就离开了，因为初出茅庐的他们虽然胆识不小，技术却有待磨炼。17岁的那位，在最后关头，尽管公牛已伤痕累累、跪倒在地，却还是无法刺到胛骨间的心脏。观众席上一片谩骂，让人替牛不忍，也替这孩子不忍。

半途离席，是因为深刻明了，就是碰到世上最精彩的斗牛表演，我们也很难安心欣赏。

另一个时空的记忆

发现跳蚤市场完全是个意外。在塞维利亚的几天下来，该去的地方都去了，礼拜天是在此的最后一天，我们决定闲逛，但照例先去位于宪法大道（Avenida de la Constitucion）的那家点心铺。店名忘了，但那堂皇明亮的环境、充满活力的氛围依旧存在于脑海里。

偌大的吧台后，四五位身着红衣黑裤的年轻侍者站着工作，一分钟也闲不了。只见他们个个精神抖擞，磨咖啡、煮咖啡、倒咖啡渣、算账找钱，所有动作精准利落、一气呵成，肢体律动仿若跳舞。光是坐在那儿呆看，不喝咖啡也值!

这儿的 Espresso（浓缩咖啡）是我喝过最好的之一，醇厚、香浓、余韵足，配上塞维利亚烤布丁，甜蜜温暖的滋味，足以融化最固执的人。虽然觉得以后会再访此城，我们还是依依不舍地多喝了一杯。走出点心铺，发现平常在门口行乞的流浪汉不见了，敢情他礼拜天也休假？

顺着宪法大道往右走，平常十分热闹的商店街显得冷冷清清的，再朝前走，注意到一个大庭院的入口处特别热闹，进去一瞧，竟是跳蚤市场。庭院中有座古色古香、圆环状的四楼建筑，一楼回廊摆满了大小摊位，平日是钱币、古玩市集，礼拜天则供来自邻近乡镇的摊贩使用，专卖老照片与摄影明信片。这简直就是塞维利亚给我们的临别好礼，我们兴味盎然地逛了两个多钟头还欲罢不能。

老照片愈来愈受到世界各国的重视，散落在民间的家庭相簿及旧时代画片提供了不同的观察角度，成为了解社会变迁的珍贵材料，原本不起眼的摄影明信片也因而身价大涨。综观这儿的明信片，大致可分为斗牛士肖像类、摩尔人民情风俗类、圣经故事类、名胜古迹类、幽默类、吉祥类等。斗牛士肖像多成套卖，每套一百张，十分昂贵，特别稀罕的还能上拍卖市场。吉祥类多跟鱼有关，无论西装革履的绅士还是娇滴滴的盛装仕女，每个人都抱着一条大鱼，看起来特别有趣。还有一种姑且称之为谈情说爱类，画面是罗密欧与朱丽叶的阳台会，只不过主角是寄信人与收信人。

我以摄影表现为重，非常仔细地挑选。摄影有别于其他艺术，对表现对象的依赖程度高过一切。摄影家只是百分之五十的创作者，另外百分之五十是对象原本就具备的特质，再差的摄影家，作品也起码有百分之五十可看。这些摄影明信片的表现多半只有百分之五十，要是有百分之五十一、百分之五十二，我就掏钱买下，百分之六七十的就简直叫人惊喜了。荷西·奥尔蒂斯-埃查圭那套作品可算是稀罕中的稀罕，只可惜实在太贵，没舍得买。

现在，我们也变得喜欢跟朋友讲述这个迷人的城市了：“塞维利亚人最会享受生活，懂得怎么过日子……”

胡志明的私人摄影师丁当定。（阮义忠摄于 1994 年）

游河内

访胡志明私人摄影师丁当定

转型前的最后一瞥

从河内到台北的泰航班机预定上午 11 点起飞，我们起了个大早，9 点前就到了机场。划位时，柜台人员发给我们一人一张点心券，原以为这家航空公司服务特别好，哪晓得他们正在摆飞机大误点的乌龙。在河内最后一天，我们唯一的活动，竟是在候机室里干耗了八个多钟头，跟两三百位旅客一起发呆。

河内机场设备简陋、空间窄小，候机处只有内外两个大厅，中间隔着安全检查哨。外厅除了十几排沙发座，就是几座玻璃矮柜组成的“免税商店”和两个供应零嘴饮料的小柜台；内厅除了更多沙发，就什么都没了。吃完那盒粗糙的西点，穷极无聊，只能打量一张张旅客的脸孔，听他们闲磕牙。

外国旅客从河内带走的回忆和纪念品各不相同，欧洲人最喜欢草绿色军帽与农夫斗笠。这两种顶戴与丛林、水田、陷阱、地雷以及神出鬼没的特工，经常出现在一度极为流行的好莱坞越战片里，是那一代美国人挥之不去的梦魇。观光客促狭地戴着它们走来走去，就像在嘲笑老美。

引起我注意的还有两对欧洲夫妻、一位加拿大妇人，因为他们都带着在越南收养的小孩，有的还在襁褓中，有的已经能到处乱跑了。孩子的身世不得而知，但是由养父母对他们呵护备至的模样看来，应该会快乐幸福地成长!

小小的停机坪，从候机室的落地窗就可一览无余，同时段几乎都只有一架飞机起降，一架走了，隔很久才会有另一架来。我们的航班何时才会来呢？地勤人员一问三不知。每当空中有飞机出现，大家就伸长脖子观望，几次没着落，只有听天由命，有的玩扑克牌、打坐、看书，有的瘫坐在沙发、地板上睡觉，站也不是、坐也不是的，便绕着候机室踱步。

回想这几天的际遇，梳理这个国家的历史，深深感觉革新开放政策必定会使越南发生极大的变化。这回在河内的所闻所见，或许正是她转型前的最后一瞥。

漫长的独立奋斗史

越南的人文、地理在很多方面与中国非常相似。在河内虽只逗留了短短四天，感觉却像待了很久，提不起游玩的兴致。民众的体型、外貌跟我们差不多。飞机搭了半天，却没出国的感觉。

给人印象最深的就是老百姓，很多方面都能让人感觉他们聪明、勤奋，有自尊。国家现在虽然落后，但相信不出几年就会让世人刮目相看。这儿的民族主义观念也特别强，从一本到处都买得到的英文旅游简介，可略窥他们的意识形态。

越南的历史大致分为几个阶段。公元前 18 世纪，就有过几个王朝长期统治文浪（Van Lang）地区，形成越族人（Viets）的第一个国家形

河内街头有不少法国殖民时期的老建筑，同利饭店是其中之一。（阮义忠摄于 1994 年）

态。有史可循的资料则显示，越南在公元前 111 年到 138 年是中国的藩属，此后长期是中国的一部分。

清朝国势衰颓后，越南于 19 世纪被法国掠为殖民地，法国从 1862 年到 1945 年全面控制了这个国家。1930 年，中南半岛的共产党逐渐活跃；1945 年法国人在中南半岛失势，越南人革命成功，建立了越南民主共和国。然而战乱旋即展开，1954 年"奠边府之役"，让越南北方在《日内瓦条约》的保障下建立了社会主义政府。

接下来，根据这本书里的简介："持续反抗新殖民主义统治的南越人民，终于在 1975 年 4 月 30 日被胡志明同志所领导的北方解放。从此以后，一个自由、独立和统一的越南进入新纪元，建立了社会主义国家。"

统一后的越南仍然争战不断。他们不顾中国政府在越战期间的大批人力、物力援助，入侵并瓦解柬埔寨红色高棉政权，且提供领土给苏联海空军，对中国南方的安全构成重大威胁。中国政府被迫发起自卫还击。自此，越南历经外贸停滞、国有企业效率低落，以及东南亚国协和美国对其外交与经济的封锁。苏联解体更是压垮骆驼的最后一根稻草，在失去最重要的外援后，这个国家的经济逐渐陷于崩溃。

不得不变的越南，于 1986 年展开革新，学习市场经济与对外开放投资模式。自此，世界有了进一步了解越南、与其政府合作的机会。

文字的变革

越南的语言和文字发展，在这本简介里也被津津乐道地提及。越南话是东南亚最古老的语言之一，在隶属中国统治的一千多年间，官方语言是传统中国汉字。其间越南话虽处于弱势，却始终存于民间。数百年来，物质生活的改变和精神生活的需求，大大增加了越南话的使用范围。被法国殖民后，一些法语的越南化也使其语汇更形丰富。

在文字方面，早期的越南文借用中文音译，将大量中文越南化，形成自己的文字，统称为“汉一越”字（Nom），与官用中文并行了几个世纪。这种文字由两个汉字组成，一个字表达意思，另一个字以越南语发音。Nom 曾广泛为学术界及民间所接受，越南人以此文书写他们的姓名，或是在重要文件，如合约、遗嘱中注明村庄或土地名称。语言学家认为，Nom 文字首度出现的年代约是 10 世纪初。

现今的越南国字是被称为 Quoc Ngu 的罗马拼音字，为西方天主教传教士在 17 世纪初发明。他们为了宣扬教义，将越南口语以拉丁字母拼出其音。1867 年，Quoc Ngu 正式成为学校教材，成为越南语言史的重要革命。该国学者骄傲地提醒世人，越南是亚洲唯一拥有罗马拼音文字的国家，而这一特点为他们在文化、科学和技术的发展上创造了有利条件。

如何才能见到丁当定

若不是为了探望越南首任国家主席胡志明的摄影师丁当定（Dinh Dang Dinh），我们不可能在此时来河内。

一位美国 *Newsweek* 杂志派驻东京十几年的摄影记者告诉我，根据他的亲身经历，要见丁当定是件非常困难的事，而且，除了越南话，他只懂简单的法文。关于“如何才能见到丁当定”，这位朋友热心建议，一是通过越南政府新闻处联络，二是自行联络。通过新闻处安排的好处是，保证可见到丁当定本人，而且官方还会安排翻译人员，但申请新闻从业人员签证最少需一个月。

“若是直接联络，必须先写信跟他约好通话时间，再于那个特定时刻打电话到‘越南摄影艺术协会’办公室。他以前是这个协会的主席，可在那儿通过越洋电话沟通，让你们知道是否愿意会面，以及他可能待在河内的日子。都弄清楚了再去，以免白跑一趟。当然，首先你们得找一位会讲越南语的人帮你们打电话……”这么麻烦！听得头都大了，干脆顺其自然，直接给丁当定去信邀稿，并附上《摄影家》杂志。没想到，一个多星期后就收到了回信。他在粗糙的信纸上客气地表示：很欣赏这本杂志，乐意合作，欢迎我们去他的国家。就那么简单，看来我们的运气比那位朋友好多了，要不然，就是越南人对老美喜欢摆架子。出发的一个礼拜前，内人写信通知丁当定我们在河内逗留的时间及下榻的旅馆，然后，我们带着他的地址和联络电话就上路了。若是见不着面，就当是去度假好了！

台湾同乡的建议

抵达河内已是下午，在旅馆安顿好，我们决定先溜达溜达，第二天再伤脑筋找人。向接待小姐要市区地图时，一位石油公司派驻在此工作的先生恰好在柜台结账，准备回台湾休假。

我们赶紧把握机会，请他建议河内的最佳去处，他却劈头就说：“你们又不是做生意的，干吗来河内？这里什么也没有，雇辆三轮车，两三个钟头就能跑遍市区，要是搭出租车，连一个钟头都要不了！临近的夏龙湖倒是去过的人都说好，有‘小桂林’之称，只要坐五个钟头车，不过我还没时间去……”

“任何地方都总该有一点特色吧？”他的话虽然扫兴，我还是不甘心地追问。

“打仗打光啦，什么也没剩！”这位台湾同乡干脆发起牢骚来，“根

越南文字已彻底罗马拼音化。（阮义忠摄于 1994 年）

本没地方逛，晚上也没地方去，市区里只有两三家卡拉OK，轮流转一下，就只能回旅馆睡觉了。有够无聊！”

他还好心叮咛：“晚上少出去逛，最好别坐三轮车，也不是不安全啦，他们国家虽然管得很严，就是常常讲好的车资都不算，到最后两倍三倍地跟你要。晚上没路灯，乌七八黑的，心里害怕只好给。看我们台湾人有钱，他们就拼命敲，真是没意思！好人当然也不少啦，不过还是要小心。”

见我们有点沮丧，他又努力想了一下，总算给了交代：“有一种叫作恰卡（Cha Ca）的鱼倒是可以试试看，当地人叫它皇帝鱼，大概是以前皇帝吃的吧！有条街上的一间馆子专门卖这种鱼，街名就叫作恰卡。”他在密密麻麻的地图上找了半天，帮我们把那条街圈出来，还把馆子的环境形容了一下。

这就是我们抵达河内后，所知道的第一个“名胜”了。可惜的是，我们后来虽然找到了那条街，却因为时间不对，馆子还没营业，没口福尝到“皇帝吃的鱼”。

扁担小摊

也许是还没被资本主义污染，也许是和外国人打仗很少输，这里的人脸上普遍有一股自信，对外国观光客并不特别殷勤，显得相当有骨气。对台湾人倒是特别友善，可能跟近年来宝岛商人涌入设厂有关。这种现象在入境处尤其明显，拿台湾证件，得到的笑脸多一些，通关也快一点。西方人就比较委屈了，官员东问西查的，对他们特别挑剔，这在其他国家是很少见的。

我们所投宿的“同利饭店”俨然是越南历史的小缩影，招牌为中文，建筑是法国殖民风，柜台女职员身穿传统越南仕女装，一切收费却是只认美金。三层楼的老建筑是白色的，尽管许多地方油漆剥落，旧到有些寒伧，却收拾得窗明几净。接待大厅、走廊以及房间里的摆设都欧风十足，楼层间的回旋梯、梯口的临窗休歇椅、亮澄澄的老铜灯、散发着年代芬芳的上等木料，都令人遥想它当年的气派。

饭店在市中心，离公园、火车站和几个景点都很近，我们决定不搭乘任何交通工具，徒步造访各处，把三四个钟头就能逛遍的地方用三四天来消磨。

街头蛮热闹的，汽车十分稀罕，来来往往的都是脚踏车骑士。店铺也很少，各式各样的小摊贩奇多，或许是战时牺牲了太多男性，所有摊子几乎全由妇女经营。踏出旅馆就可看到她们在各处蹲着，殷勤地招呼坐在小板凳上的顾客。街头巷尾，每隔几十米就有一个小摊，有的卖茶水、甜食，有的卖水果、蔬菜、河粉。蔬菜、水果都是瘦瘦小小的，设备也很简陋，一根扁担，两个竹篓，数得出来的几样东西。担子挑到哪儿，生意就做到哪儿。

卖法国面包棒的也很多，显见殖民时期的影响早已深入民间。很多卖茶的还兼卖烟，竹制烟筒大约两尺长、直径相当于台湾的萝卜丝饼。烟客们蹲在摊位四周，彼此把烟筒传来传去，不知道是不是吸几口就算几口钱。

令人感触良多的，还有卖头发的担子，一束束乌黑柔细的长发，像丝缎一样摊在竹簸子里，散发着淡淡清香。照顾摊位的老婆婆殷勤地比画着，粗糙的手一遍遍顺着发丝，要我们也摸摸看，就会知道头发的质地有多好！

不知头发的主人是哪家姑娘？长发养了那么多年，一刀铰了伤不伤心？

吃在河内

太阳才下山，原本车来人往的马路一下就冷清起来。没有路灯的街角漆黑一片，仅有河粉摊上的炉火与客人的烟头发光。初来乍到，不但不觉得气氛浪漫，还马上就会联想到越战电影危险又魅惑的场景，感觉不安。我们一向喜欢到处乱钻、探寻餐馆，可此时此地实在没这个勇气，只好乖乖回旅馆，在自带的餐厅吃晚饭。

餐厅环境干净舒适，东西方菜色都供应，价钱也便宜，尝起来虽不知是哪国口味，但材料新鲜，还不难吃。唯一的问题就是沟通。女服务生个个年轻可爱，可是会讲的英文很有限，或许还加上经验不足，经常弄不懂客人的意思，搞得状况百出。虽有菜单，还是得比手画脚，一番努力之后，端上来的菜或酒不是和点的不一样，就是分量多得吓死人！听她们的建议点了一尾鲜鱼，体形竟有计算机键盘那么大！吃西式套餐，第一道与第二道之间，忽然就上了甜点。

同时用餐的客人除了我们这一桌，另外还有三桌，大家隔桌交换哭笑不得的用餐经验。左边桌那对是中年的澳大利亚先生、英国女士，后面桌那对是年轻的法国夫妻。再远一点的是三位日本人、两位泰国人，看得出来都是商人。其他人当然都是游客，看起来无事一身轻。

那两对洋夫妇比我们早离开河内，退房时刚好都被我们瞧见。两男两女，表情无一例外地写着没精打采，看起来疲倦又乏味，好像河内是个既无营养又没灵感的地方。

在旅馆吃过两次，还是忍不住到街头小馆和路边小吃摊冒险。去的小食摊看起来都算干净，起码不像孟加拉首都达卡那样叫人退避三舍。此外，许多食物都是平常熟悉或喜欢的，譬如处处可见的鸡肉、猪肉河粉，以及用糯米做的各种小点心、甜粥……

根据那本旅游指南，大多数国民不知何为烹饪艺术，但妇女从小就被教导餐食料理。“越南菜以许多民族经常忽略的学理为基础，相克的食物必须取得平衡。一道含盐的食物永远得用大量的糖和醋调味；凉拌菜必须是咸、甜、酸、辣的组合；鸭肉、蜗牛与鲸鱼等寒性食物，在调味时一定要佐以热性的生姜。”

一点也不稀奇，中国菜几千年前就讲究这些了！比较有趣的是，当地料理还有阶级之分。Com Binh Dan 是大众食品，任何餐厅都吃得到；Ngu Thien 是皇家膳食，非常昂贵，特别有营养。越南菜我们不陌生，台北有好几家越南馆子，法国巴黎和图卢兹的越南菜也不错，只是不知那些是百姓菜还是“皇帝菜”。

在河内吃的总该是正宗越南菜了吧？大致说来挺讨喜，可用料虽新鲜，做工却不讲究，口味直接，层次单薄，大剌剌的，没有台北越南菜那份受了中菜影响的醇厚。他们引以为傲的“具独创性”的凉拌菜，的确是咸、甜、酸、辣、生、鲜的大集合，只不过每种味道都头角峥嵘、口感突兀。感觉上，他们所谓的食物平衡带点霸王式的摆平，不如中国菜那般水乳交融、不着痕迹。

丁当定来访

来到河内的第二天，我们一大早就步行至著名的风景区剑湖，顺便逛逛附近的市场小街。走着走着，便知台湾同乡所言不虚——果然没什么可逛的！

除了街景少有新鲜之处，老百姓警戒心高、不愿被拍照也是无趣的原因之一。从大人到小孩，见我拿相机对着他们，不是破口大骂，就是满脸不悦地急急走开。这真是我所去过的少数对摄影者极不友善的地方。这让人不禁猜想，是国情特殊呢，还是与战时经历有关？

逛没得逛，照也没得拍，让人不禁开始担心，要是没见着丁当定，在这儿度假还真不知怎么个度法！无聊最让人疲乏，看看午饭时间快到了，我们懒洋洋地一边朝旅馆走去，一边计划着下午雇辆车，请司机按照地址到丁当定家里去碰碰运气。

才踏进旅馆大门，柜台小姐就说：“你们刚出门就有位老先生来找，知道你们出去了，还特地去湖边绕了一趟，可是没碰到你们！他说下午 2 点会再来。”

一定是丁当定！这个消息真是让我们感觉既高兴又抱歉，高兴的是没白跑，抱歉的是让 70 多岁的老人家来来回回找我们，真是过意不去！

吃过午饭，我们不敢乱跑，守在旅馆等待丁当定的到来。等人的时间过得特别慢，坐在旅馆大厅的电视前打发时间，发现越南人喜欢看中国香港和台湾地区的连续剧。十几年前在台湾流行过的港剧配上越南话播出，看得柜台小姐和行李小厮如醉如痴。

一位方头大耳、文质彬彬、戴着眼镜的白发老人出现在饭店门口。我们立刻迎上前去，果然是丁当定！

“Bonjour!”大家一边握手，一边用法文互相问好，一起在大厅沙发上坐下。丁当定的身体和气色都很好，头脑、口齿像年轻人一样清晰，可是对起话来却相当吃力。原因是他法文说得不是很好，内人的法文也不够精，经常会彼此把意思弄错，澄清之后就是一阵笑。就这样一半说一半笑，也有了粗浅的沟通。

一般越南人民几乎没有出国机会，可是丁当定却跑过不少国家，还跟胡志明主席去过中国大陆。三年前他的摄影个展《秋之巴黎》就是一趟法国行的成果。见识过大风大浪的他，尽管喜欢标榜自己的工人出身，可是言谈之间神态优雅，举手投足间都透着官场人物的矜持。

见证革命与国家统一

丁当定1920年出生于工人家庭，1936年加入工会后开始拍照。1939年到1946年担任空中摄影师和新闻摄影记者，并在此期间加入了越南共产党。1948年，年方二十八的他正式成为胡志明的私人摄影师，并一直跟随胡到1965年。从1965年到1985年，他都是“越南摄影艺术协会”的主席。

老先生是个相当谨慎的人，绝不多说一句话，以至于我们的交谈几乎全是一问一答，有时回答比问题还短。最让我们感兴趣的，当然就是胡志明为何会找他去当私人摄影师。原以为这是个可发挥的题目，想不到他的回答依旧是短短的，而且非常官方：“还没认识胡主席之前，我经常拍一些工人和工厂的照片。主席看了我的照片很喜欢，便找我去帮他做事，一做就是十七年。”

只有当我好奇地问：“胡主席对摄影了解吗？”他才卸下防卫，笑了起来：“当然了解，他自己拍的照片也是很不错的！”

初见面，丁当定并没有带作品来，只是礼貌地与我们寒暄。直到我们主动跟他邀稿，他才表示，隔天再专程把作品带过来。

除了一袋似乎很早就放好，贴在硬卡纸上，曾经用来参加比赛或展览的零星照片，他还带来一个装35mm软片的塑胶小圆筒，里面密实地塞着几卷他拍胡志明的代表作复制底片。看来他从来就没机会把自己的作品好好放大过。越南长期物资匮乏，从这件事完全可以感受到。

尽管丁当定在越南摄影界的地位崇高，却从没出过个人摄影集。他拍过的几万张底片全成了国家的财产，自己手上拥有的，只有早期

在丁当定镜头下的胡志明。（丁当定提供）

所拍的沙龙照以及少部分关于胡志明的影像复制底片。他很想把自己一生的代表作印成集子，个人却没有能力。所幸越南政府已开始着手整理他的照片，或许这个愿望很快就能实现了。

有关越战的记录，世人所熟悉的影像多为西方国家记者所摄制。长久以来，大家对越南的认识和了解都是透过西方国家的观点，越南人如何看待这场战争，倒是少有机会关心。如今的越南已打开门户，在国家经济发展有了成绩之后，想必会设法让这段历史的另一面公之于世，其中之一，就是丁当定眼中的胡志明革命，以及南北越的统一。

歌剧院与列宁雕像

由于安步当车，我们在这三天内造访的地方十分有限，逛来逛去都是在剑湖附近打转。剑湖公园有一大堆摄影师帮游客拍照，在绝大部分老百姓还买不起相机的越南，这一行显然是生意兴隆。喜滋滋的他们不知有没有想过，等越南经济好转，傻瓜相机人手一台时，这一行就会没落，甚至绝迹。时代在变，任谁也挡不住!

尽管市景平平，但有一栋建筑却让我们大开眼界，那就是 Trangtien 街尽头的一座大剧院。搞不懂这家剧院的名字，因为入场券上印的全是罗马拼音的越南文。

我们会毫不考虑地买了入场券，完全是受了一对法国年轻人的影响。那天上午看到这对情侣在剧院前跟一个手握票券的黑瘦男子讨价还价，内人便趋前探问：到底是什么表演让他们兴趣这么大？！得到的回答是传统越南歌舞表演，而且，连黄牛票也都快卖完了！传统越南表演？这个热闹不能不凑，我们兴致勃勃地掏出钞票，也向“黄牛”买了两张。

越南仍树立列宁铜像。（阮义忠摄于 1994 年）

好不容易熬到晚上，一路没灯，几乎是摸黑从旅馆走到了剧院，入口处已聚集了不少小贩。从陆续入场的观众打扮看来，可知这是当地的盛会。

光是剧院的门厅，就能让人感觉这个建筑大有来头，看来是法国殖民时期留下来的经典之作。整个内部虽因年久失修而显得有些破落，却仍可让人想象出当年的辉煌。与欧洲一些马蹄形歌剧院相比，绝不逊色！

怎么也没料到，在如此庄严的场所里，看到的演出竟是流行歌曲大杂烩。舞台经过精心布置，活像台湾早期的电视节目“群星会”，红红绿绿的灯光闪来闪去，一会儿放干冰，一会儿吹风扇，看得人眼花缭乱。

歌手的嗓子都还不错，但模样、打扮跟二十年前的港台歌星几乎一模一样。开始几首歌听起来还悦耳，但不懂歌词。接下来的每支曲调都大同小异，让人眼皮越来越重，板凳也好像越来越硬，实在坐不住，只好中途打道回府。如今回想那一夜，歌曲旋律与歌手的争奇斗艳都已模糊，但剧院的慑人空间依旧难忘。

离开那天，我们请出租车司机在去机场的途中开慢一点，好仔细再瞧瞧河内。东张西望，远远就见到一座铜像高耸在空旷的公园中，身形、姿势一看就是列宁。这位共产主义的昔日大英雄，纪念碑或雕像在全世界被拆的拆、熔的熔，也只有在越南这样的国家，依旧把他的铜像竖得高高地让大家瞻仰——只是不知还会持续多久。

沙希德·阿拉姆在其创办的“视觉”画廊留影。（阮义忠摄于 1994 年）

游达卡

访为第三世界摄影奋斗的沙希德·阿拉姆

令人诧异的国家

对我们来说，孟加拉这个国家真是有太多令人惊讶的地方了，其中又以一位当地朋友在那儿的所作所为最不可思议！诧异之感，从一开始办签证、订旅馆的时候就有了。我们办的是旅游签证，每个人单次进出的签证费高达台币 3000 元，简直就是吓阻人去观光。

旅行社代订旅馆，连在首都达卡也有不知道如何下手之感，因为联络网达不到孟加拉。总之，旅行社员工表示，只能订喜来登大饭店："这家旅馆在世界各大都市都有连锁店，服务一流。可是双人房一晚得付 190 美元，外加 30% 税。"这样的消费水平，实在不像想象中的孟加拉！

提起孟加拉，总是会令人想到洪水、风灾、贫穷、难民营……似乎所有人间苦难都与它们有关，而讲到地理位置，大多数人都说不出所以然。我们也是直到出发前摊开世界地图，才知道她原来躲在印度东北角与中南半岛之间，面积有中国台湾地区的三倍大，却跟台湾一样，是个容易被世人忽略之处。

相信很少人是为了观光去孟加拉的，我们当然也不是。

"去那种怪地方干吗？"朋友们好奇地问。

当我表示是要去探望一位摄影工作者时，他们就更惊讶了 :“孟加拉会有好摄影家吗？”如果不是两年前的一个经验，我也会同样地无知。

1992 年，我为大陆一位十分优秀的摄影朋友报名参加美国“琼斯母亲新闻摄影基金会”（Mother Jones International Fund for Documentary Photography）的摄影比赛。当时，这个由新闻摄影界当红大师萨巴斯提奥 · 萨尔加多（Sebastiao Salgado）担任主席的基金会，自诩是唯一致力于认可发展中国家摄影者的机构，每年总计颁发 35000 美元的奖金给分别来自非、亚、欧、拉美以及北美等五大洲的五位摄影家。

这位朋友拍的照片实在是太好了，替他报名时我满怀信心，认为亚洲地区的头奖非他莫属。没想到比赛成绩揭晓，却是一位孟加拉人夺了魁。我那时连孟加拉在哪里都不知道，更别提他们的摄影表现了。再说，国际上也从未听闻过孟加拉的摄影表现。

如此重要的一个世界性大奖，居然落在没人了解的地方！我的好奇心被引燃了，心想，有机会一定要认识这位得奖人跟他的国家。

由于《摄影家》曾做过《向瑞士文化杂志 DU 致敬》专号，我们与该杂志的摄影编辑丹尼尔 · 施瓦茨（Daniel Schwartz）成了好友。有四分之一越南血统的丹尼尔，时常在东南亚跑来跑去。有一次聊天，他告诉我 :“在达卡有个人你应该认识一下，你俩做的事很类似，都是想在东方力振西方已经衰颓的摄影人文精神！”

我立刻联想到那位老兄，问 :“你说的是不是得过‘琼斯母亲奖’的那位摄影家？”

“没错，就是沙希德 · 阿拉姆博士（Dr. Shahidual Alam）。”

在丹尼尔的引介之下，我与沙希德开始通信，并积极策划了这趟达卡之旅。

特权当道的海关

我们当然不属于住喜来登的阶层，只好央请沙希德代订旅馆。结果他不但帮忙订到一晚只需 25 美元的旅馆，还要了我们的班机时间，说会在机场迎接。他的传真的确让我们放心不少，虽说经常出国，但到陌生的第三世界国家，还是会有些忐忑不安!

在曼谷搭泰国航空，上了飞机后，开始有机会观察很少见到的孟加拉人。他们跟印度人很像，肤色黝黑、轮廓分明、双眼炯炯有神，但打扮有点不一样。孟加拉是伊斯兰教国家，妇女服装虽也是一大块布在身上缠来缠去，可腰腹绝不外露。男子以身材精瘦的居多，而且都留着胡子。我一边打量，一边猜测沙希德看起来会是什么样子。

终于到了达卡，ZIA 国际机场小小的，只有我们这一架飞机降落，同班机的外国人也不少，看来多半是做生意的。

“这个鸡不生蛋、鸟不拉屎的地方，应该不会有台湾人来吧？”我和内人彼此说笑，话还没讲完，身后便传来一串闽南语生意经。咱们台湾商人可真是不含糊!

入境柜台只有五个窗口，一大堆外国人挤成两排，进度缓慢。眼见稀稀落落的当地人都走光了，排在我们前面的人却几乎没动过，倒是后面的人从从容容地就被人领出去了。

仔细一看，原来柜台被两位全副武装、荷枪实弹的士兵与一个“黄牛”样的人霸着，境管职员正忙着办他们撂下的那一大沓护照。尽管大家都很不满，可没人敢吭气。队伍终于开始移动后，又有不少旅客被叫到一边站着，看着他们一脸茫然、手忙脚乱地在身上掏，真叫人发毛!

轮到我们了……首先，出入境单子得重新填一次。飞机上发的表格不知怎么不能用。然后，“居留处”那一栏必须详载旅馆地址或接待友人的姓名、住处。依照一般惯例，只填“旅馆”的人，全被打了回票。

“写清楚旅馆和地址！”境管职员不苟言笑，英语生硬。

“还不知要住哪家旅馆怎么办？”有人问。

“那就住喜来登好啦！”境管大人一边这么说，一边挥手招来那位黄牛先生。

一位看来是搞业务的年轻人，怯生生地开口：“一天多少钱？”内人鸡婆地告诉他在台北问到的价钱，他立刻面色惨白！本想告诉他我们的旅馆，又怕惹是生非，只好赶快离开。

出境过程已让人不踏实，接下来的行李查验简直就是叫人生气！我们那一大一小两件行李出来得特别慢，连同之前的蹉跎，等拿到行李，已是降落后近两个小时。心里记挂着接机的沙希德，我们赶紧提着行李朝“无申报物件”过道走去。

“等一下！”两名穿制服的男子把我们拦住，“你们带的东西必须申报。请把箱子打开！”

定神一看，那件硬壳行李箱被粉笔画了两个大“×”，此外，其他随身行李也要检查。我们无可奈何地打开包包，结果几乎什么都有问题，受质疑的物件包括笔记本电脑、装在防辐射袋中的几十卷底片、我的几台相机，以及内人的一些瓶瓶罐罐。总之，都要上税！

我们坚持每样东西都是自用，不该上税，跟那两人僵持了半天，其中一位居然觍着脸表示：“多少总要让我们抽一点嘛……”终于摆脱这两位后，还没到出口，又被另一个穿制服的拦住，说要“double check”（二次查验）！

这下子我们可火了，心一横，理都不理他，推着行李车硬闯，同时大声抗议。没想到这招居然管用，竟让我们过了。虽然一块钱税也没缴，可是感觉差透了！这些年常去欧洲，习惯了便利畅通、有等于没的各国海关，碰到这种腐败无能、特权当道的，还真想破口大骂：下次才不来这种鬼地方!

然而，进市区不过二十分钟，我们的心意就变了。在达卡的三天，正是充满了这样的矛盾。周遭的一切，一会儿让人担心害怕，一会儿又叫人兴奋莫名、强烈地被吸引。

惊悚、古怪、迷人、感慨——这就是达卡给我的印象。换句话说，有拍不完的照片!

混乱中的秩序

出关就看到一位满脸络腮胡的矮壮汉子，身穿过膝白褂、白裤，脚蹬凉鞋，手中的纸朝我们挥两下。凑近一看，名字是我，那么，拿纸的就是沙希德了!

彼此高兴地用力握手，没等寒暄，他劈头就问：“是不是有什么麻烦，怎么耽搁那么久？”听我们说明原委，他脸一板，道：“你们没错，一个子儿都别给他们！”

旅馆在市区，随沙希德上了他那部旧汽车，在毫无心理准备的前提下，突然之间就陷入了汹涌无比的人海！举目所及，除了人还是人，从没看过街道上有这么多的人和这么多种的交通工具。除了走路的人，还有蹲着的人、躺着的人；一大片看不出区隔的马路上，密密麻麻地布满板车、公交车、人力车、小客车、机动三轮车……所有人和交通工具同时从四面八方蜂拥而来，又往四面八方蜂拥而去，川流不息，让人看得喘不过气来。

看不到任何交通标志，每个人、每位驾驶员，似乎都凭着直觉往前闯。怪就怪在，整个一片杂乱无章，却不见交通事故，也没人大惊小怪，

吊挂在车子外的人，负责在交通拥挤时把别的车子和行人赶开。（阮义忠摄于 1994 年）

仿佛混沌之中自有外人看不见的秩序。

没有身临其境，很难想象这种拥挤。体积较大的交通工具，如公交车、货车，前后保险杠上都立着两三个壮汉。原以为车厢挤不下，后来才恍然大悟，他们是专门负责开道的，个个身手矫捷，不时跳下车来吆喝，像赶鸡赶鸭一样把挡路的人、车推开，再跳上停也不停、只管往前开的公交车或货车。就连公交车好像也没固定停靠站，一路上只见乘客跳上跳下，真是令人叹为观止!

这里最普及的交通工具，也是构成达卡特殊街景的主要分子，就是人力三轮车“理查”(Rickshaw)。车夫下身裹着方块布，上身的旧衫汗渍斑斑，个个看起来都是灰扑扑的，可“理查”却漆得花不溜丢、鲜艳无比。乘客座椅背面那不到一米见方的面积，大红大绿大黄大蓝大紫地画着各式图案或浓妆艳抹的女明星，定睛看上一阵，包管头昏眼花!

“理查”外壳单薄，看起来弱不禁风，却是许多平民吃饭的家伙。沙希德说，达卡人口约八十万，而每天出动的“理查”就有五十万辆次。它们从早到晚在大街小巷里窜来窜去，既载人也载货。然而，就像所有孟加拉的劳动者一样，车夫的工资非常低廉，省吃俭用一辈子，也未必能买到一辆“理查”，仅能向人承租。而就算拥有了一部，也很容易被偷，意味着倾家荡产!

过惯舒服日子的台湾人可能会想，这么简陋的三轮车，能贵到哪里去？沙希德的答复是：“大概 200 美元，这对他们来说是一大笔钱。要知道，我们是穷国家，人民的平均生活所得，每年只有美金 150 元。”

美丽的达卡落日

旅馆 Razmoni lsha Kha 位于 VIP 路，这一带是达卡的新商业区，规划比较完善，路面宽敞，有分隔岛也有交通标志，行车方向清楚，一切显得有秩序多了。

当地人一般说来都十分友善，平民百姓虽然生活艰苦，却大多一副知足常乐的模样，很难把他们与报纸上看到的愁苦灾民联想在一起。还有就是，双方思维逻辑不大一样，这一点，从我们刚进旅馆时就体会到了。

旅馆是新的，接待大厅与台湾一般的中级旅馆差不多，并不出奇。柜台提供的旅馆英文简介印刷粗糙，却告诉我们，这是具有国际水平的“五星级大饭店”，设备豪华，有数个餐厅，还有会议厅、游泳池……

看到有游泳池，有晨泳习惯的我们喜出望外，赶紧打听在哪个方位。

柜台职员态度恭谨：“在顶楼。”

再问每天的开放时间，他说：“明年就会盖好。”

而所谓的“数个餐厅”也只被我们找到一个，其他的也都是：明年就会开张。

像这样牛头不对马嘴的情况经常发生，但我们已经很满足了。房间设备虽非一流，但干净整洁；服务生虽笨拙，但亲切热情。再说，世上还有哪家“五星级饭店”只收 25 美元！

沙希德停好车，赶来陪我们进了房间，体贴地请我们先休息一下，约定 4 点到 4 点半之间来接。后来我们才明白，跟当地人约会，得把说好的时间再加上一到两个钟头。这个规矩，甚至旅馆的 morning call（叫醒服务）也适用。

我们在旅馆等到都想自己吃晚饭了，沙希德才于 6 点出现。没等我们开口，他就一个劲儿地催促：“赶快出来看，赶快出来看！”看什么呢？看太阳！

步出旅馆，只见达卡的落日大到夸张、艳到不可思议、近到仿佛伸手就能够着。都要下山了，还美得那样眩目，充满随时会迸发的生命力，仿佛新的一天才要开始。沙希德掩不住得意之色，大嘴一咧:“我们的太阳比你们的漂亮吧！”

让摄影为孟加拉说话

孟加拉原本属于东巴基斯坦，和印度一样，都曾是英国的殖民地。经过惨烈的内战后，信奉伊斯兰教的孟加拉人于1971年独立。由于天灾人祸不断，人口又太多，经济问题始终搞不好，有点办法的人总是千方百计地离开这块土地。沙希德的家族属于上流社会，和他一样出国读书的同辈亲戚共28位，学成归国的只有他一人。

受过西方高等教育的他，不但谈吐举止比一路所见的孟加拉人优雅，就连皮肤都显得比较白，除了时间观念比较孟加拉，办起事来相当有一套。当地人10点吃晚饭，在之前的短短两个多钟头，他就让我们对首都的摄影现况、印刷水平有了概念，还见识了社会的贫富悬殊有多大。

沙希德随时都在办事，并且同时办好几件。在去公司的路上，先顺道去装订厂察看了摄影月历进度。他对这次的印刷和装订质量相当在意：“这是孟加拉有史以来第一次用双色印刷黑白照片，对印刷厂和我来说都是一大考验！”

我在台湾经常跑印刷厂督印，看到他们所谓的装订厂，真是既惊讶又觉得有趣。其实就是个小店面，和卖鸟、卖热带鱼的并排在马路边。五六个装订工人挤在堆满书籍散页的昏暗斗室里，另两三位没位置，就在走廊上干活。

真是让我大开眼界！什么机器也没有，所有步骤几乎都是最原始的手工。“穿线装订”是我熟悉的术语，而此地真的就是用大针穿粗线，一针一针地缝合书页。而所谓的“骑马钉”，当然就是一根钉、一根钉地敲。都快 21 世纪了，这儿的装订业却还停留在大概是印刷、装订刚发明的年代。

我对印刷品质的要求算是挑剔的，可是，这本月历真是没话讲。对印务相当熟悉的我，知道要把黑白照片印好，印刷厂的技术不是唯一的成败因素，督印者的眼力与经验也是关键。沙希德显然在这方面也是高手，月历若是被外国人看到，还真会以为孟加拉的印刷水平可跻身先进国家之林。

沙希德创办了一个图片通讯社——DRIK Picture Library，连续六年来，每年月历都用同一种开本与设计风格来呈现本国摄影家的黑白摄影作品。累积下来，就成了整理、推广孟加拉当代摄影表现的出版品。考虑这个国家的工业水平及摄影可能被接受的程度，不难了解沙希德一路走来需要克服的困难不少。

用心良苦的他，试着做的事还不止于此。几天的相处，他不止一次地对我们表示：“摄影是我用来改变世界对孟加拉印象的工具，世人透过外国记者的镜头看孟加拉，印象不是贫穷就是灾难，其实，我的国家有历史传统、有学术文化，甚至也有科学、工业！”

沙希德在做的，就是提升孟加拉摄影师的水平，让他们用相机为真正的孟加拉说话。

沙希德的摄影小王国

前往沙希德公司的路上，我问他为何取名“DRIK”，他表示，孟加拉语的 DRIK 是 VISION，也就是“视觉”或“远见”的意思。

丹尼尔对我们描述过 DRIK："那是个非常奇怪的地方，门口还有荷枪实弹的卫兵 24 小时站岗。里面的设备非常现代化，计算机、暗房、底片照片保存系统、档案处理系统、图书馆和画廊一应俱全。让人最惊讶的是，他们连冲洗照片的质量也达到了世界水平！"

车子才拐进图片社的巷子，已可感觉环境特别整洁、安宁，看来是高级住宅区。来到一个紧锁的大铁门前，里面立刻有人把门打开——是位身穿老式军服、肩扛步枪的中年人。

"达卡流行雇卫兵站岗吗？"

沙希德无奈地耸耸肩说："我们已经被小偷光顾过三次了，这里没有保险制度，昂贵器材丢了，报案也没有用，只好雇人分三班在这里轮流看守。开销虽然不小，可是不得已！"

这是沙希德父母的房子，老人家以很便宜的租金把大部分空间让给了有满脑子计划要实现的独子。办公设备简朴实用，倒是画廊远远超过我的预期，宽敞、明亮，空间设计完全考虑参观流向，另外还备有一些活动隔板，可因不同需要而组成几个空间使用。这样的画廊，就是放在巴黎、纽约、伦敦或东京都是一流的！

小小图书室的陈列虽不多，却都是沙希德每次出国辛苦携回的好书。室外有个小天井，凉棚下安置了阶梯式的座位。为我们导览的沙希德，踌躇满志得就像拥有一个个小王国。"在月圆之夜，我们会邀请艺术家、文人来演讲或朗诵诗篇，有时大家还会一起唱唱歌、跳跳舞！我很想把摄影和其他艺术表现的距离拉近，因为摄影在孟加拉的艺术地位实在是太低了！"

天井里的一面墙，除了攀满爬藤，还嵌了一个看似现代雕刻的红色作品。见我驻足观赏，他又是嘴一咧："我们对布置可是下了功夫的，这个雕刻品其实是暗房通风口。"

暗房正在扩建，两个工人正赤手空拳地把打过粉底的墙面磨平，这在人工昂贵的国家里，真是不能想象的奢侈！我对他们的暗房器材特别好奇，因为处理过的照片非常专业。没想到，一切设备都很简单，之所以会有那么好的质量，靠的只是不断磨炼的手艺和刻苦耐劳的技术人员。“所有员工都是我一点一滴训练出来的。”沙希德欣慰地表示。

这一切都让我既羡慕又佩服，摄影教育能像这样从根开始，全面耕耘，必定影响深远！转完一圈，沙希德问：“同人们晚上 9 点一起聚餐欢迎你们。现在，你们是要休息呢，还是再去别的地方看看？”几个钟头相处下来，我已知沙希德性子急，便回答：“就依你的节奏吧！”

按照他的节奏，我们拜访了人瑞摄影家、孟加拉摄影协会，参观了有钱人聚集之处，买了甜点，聚了餐，还安排好了第二天的游览节目。

人瑞摄影家

孟加拉最老的摄影家，101 岁的戈蓝·卡宪（Golam Kashem）独自住在大马路旁的一间小平房里。我们到的时候，戴顶小帽的他正孤零零地坐在窄小昏暗的客厅里。比起许多无处躲风遮雨的人，老先生能拥有这间小房，大概生活还算可以，但周遭摆设依旧透出清苦。他看到我们特别高兴，频频招呼，还从破旧的橱柜中拿出三只小香蕉，说：“真抱歉，没有好东西招待！”

卡宪老先生除了重听，一切如常。沙希德告诉我们，他所有的亲人都不在了，平日不但自己料理三餐、事务，还经常担任摄影比赛主审，拍照当然也持续着，还自己放照片呢！除了勤于拍照，他还是颇有名气的、用孟加拉语写作的重要作家之一。

从客厅墙上挂的照片内容，可看出老先生是画意派摄影家。从相

孟加拉最老的摄影家戈蓝 · 卡宪，留影时已 101 岁，不久即逝世。(阮义忠摄于 1994 年)

片质量，也可知道他的暗房设备简陋。暗房其实就在卧房，床头边有部陈旧的放大机，安全灯是用红纸包起来的普通灯泡，放大机旁的板凳上搁着小小的 5cm × 7cm 药水盘。

这真是我所见过最寒酸的暗房了，可老先生却在此放出了他的一些得奖作品。在床的另一头墙角有面木板，上面钉着不少 3cm × 5cm 或 5cm × 7cm 的小照片。孟加拉的摄影材料非常昂贵，参加比赛的作品大多是这些尺寸。

我告诉卡宪先生，台湾有位郎静山先生已经 104 岁了，也依然在拍照。他听了大乐，重复叮咛了两三遍："你们回去后，一定要告诉郎先生关于我的事！"

老人记性很好，殷殷相询沙希德有关各项活动的进展，但习惯早眠，所以我们没敢多留，在祝福他之后告辞。

车子又往达卡老城开，沙希德要带我们去孟加拉最大的摄影团体——孟加拉摄影协会，他曾在此担任四年主席。车子停在一个似乎是夜市的地方，徒步穿来穿去，进入一条窄巷，再来到一栋漆成黄色的建筑的二楼。协会干部刚好在开会，场所虽然小小的，却完全被活用了。平时是开会、教学场地，桌椅搬开，照片往四面墙一挂就成了画廊。待灯光一架，又是简便摄影棚，门后还有个小空间被巧妙地隔成暗房。这一切都告诉我，在物质条件极差的环境下，他们依旧有把事情办起来的能耐。

"现在该带你们去看看达卡的另一面了！"上车不久，来到了一家正在举行国际商展的大饭店。装潢、气派和世界所有大都市的豪华饭店没啥两样，在里面消费的客人也都是穿金戴银、衣冠楚楚。一切都那么不真实，一路所经之处都是贫民遍地，让这里看起来就像是为拍戏而特地搭成的布景。世界上最大的化工公司之一 GIBA-GEIGY 正在举办产品介绍会，走廊的两旁贴满各种文宣资料，鼓吹农药对一个农业国家是多么有帮助，让人心惊肉跳。

“瞧，再怎么穷的国家也有超级富豪，越穷的国家，贫富悬殊越大！”逛完一圈，沙希德笑嘻嘻地告诉我们，他正在进行一个“上流社会”的拍摄计划，“估计成果发表后，有一半亲戚会立刻跟我绝交！”

孟加拉味的中国菜

沙希德特别安排在公司附近的中国餐厅招待我们。“中国餐馆在这里很受欢迎，我们要打牙祭，总喜欢到中餐馆。”

环境跟我们在国外其他地方看到的中华料理差不多，到处挂着灯笼、字画，只是灯光特别暗。据说，这是为了方便男女约会，伊斯兰教国家民风保守，恋爱中的年轻人大概也没什么地方可去。

DRIK 员工到了八九位，个个年轻、可爱，彼此之间相处得像一家人，有一位把 3 岁的儿子也带来了。本来大家让我们点菜，可菜单拿来一看，只有“不知所云”可以形容。孟加拉文和英文对照，我们在英文部分猜来猜去，也不能判断出到底是什么，只好客随主便。一群年轻人兴高采烈地摊开菜单，七嘴八舌地商量着。

“来几瓶啤酒好了，什么牌的都行！”菜不会点，饮料总难不倒我吧！信口一说，看到大家的表情不太自然，才猛然想起，伊斯兰教国家禁酒。沙希德轻轻地说：“我看你们还是回旅馆再问问，也许那儿有酒类供应！”

上菜方式是先来汤，一共三碗，跟这辈子吃过的任何菜系都不同：粉红色的叫“泰国汤”，橘红色的叫“孟加拉汤”，两碗都是浓稠稠的，看不清里面有什么。清汤、有菜有肉的那一碗，该是年轻人提过的“中国汤”了吧?

接着上来的，不管是炒的、炸的，没一道尝起来像中国菜，连炒饭和炒面也都是孟加拉式，味道都还不错就是了，包括酸酸甜甜的孟加拉汤和甜甜酸酸的泰国汤。还没半饱，菜已全部上完，后来才晓得，孟加拉人吃得简单、分量也少，而且所有食物一定要吃得干干净净。比起他们，台湾人可算是暴饮暴食了，而且剩菜一堆，真是糟蹋！瞧瞧空空如也的盘子，再看看人人满意的表情，我只有跟内人彼此打趣:“也好，该减肥了！”

饭后甜点是先前沙希德特别绕去买的，是他十分喜爱的穆斯林乳制品，叫 Roshomalai。点心店内外一片素白，唯一的陈设就是几个大木架，上面摆着十来个装点心的铝制大圆盘。颜色鲜艳、形状有方有圆的点心堆成一盘盘的尖塔，有红，有绿，有白，有黄，每盘一个颜色，样子十分好看，可实在不像是能吃的东西。

Roshomalai 是带汤的甜点，一堆弹珠大小的乳白色丸子浸在稠稠的白浆里。汤很甜，很黏，奶味很重，差不多跟炼乳一样了。丸子什么味道也没有，粉粉的，咬开是层层相裹的薄皮。猜了半天猜不到，十分陶醉的沙希德又放了一粒到嘴里：“这是奶皮！”

甜点吃完，侍者端上几小碟花花绿绿的东西，仔细端详，仿佛是谷子混着各色糖米。只见人人都抓一小撮放进嘴里，一问之下，原来这相当于孟加拉的口香糖。如法炮制慢慢嚼，果然满口生香，顿时感觉跟当地人一样，浑身散发着茴香、咖喱、孜然味儿。

游达卡的好法子

后天要会见本地摄影家，想要好好看看达卡，只能趁明天。大伙儿边嚼孟加拉口香糖，边讨论我们的出游大计。大家都各有工作，无法当向导，有人建议包一辆被当地人唤做“Baby Taxi”的三轮摩托车，但马上被其他人否决，因为部分老城巷子很挤，车进不去，而且没人领着，很容易迷路。

“那就请司机领我们走进去嘛！”

“不行，司机只要离开，车子就会被偷！此地没有保险制度……”

有人建议，那就雇两个人，一个开车，一个看车。可是，有人提醒，司机一句英文也不懂，要怎么跟他沟通？只见他们七嘴八舌，英语跟孟加拉语交杂，不久便有了应对之道——把最值得去的地方写下来，按顺位标明“1、2、3、4”，让司机照着单子载我们去就成了。

这可真是个好主意！问题是，人人心目中都有最值得去的地方，而且路线、距离、时间都要考虑……讨论热烈进行着，就差没表决了。我们两个当事人在一边晾着，凭着听到的英文短句，猜想明天可能会有的奇遇。令人好奇的是，那个“湿湿的、可能需要脱鞋子”的地方是干吗的？！

餐厅快打烊了，单子还没列好。沙希德让我们先回旅馆，反正明天早晨5点半，一位职员会带着司机来旅馆接我们就是了！此外，他特地叮咛：“要自备矿泉水，而且千万不能在路上买东西，什么都别吃、别喝，中午饿了就回旅馆吃饭，外面的卫生条件，你们的肠胃绝对无法适应！”

晚间的达卡与白天截然不同，夜幕低垂，把一切沙尘、燥热、嘈杂都掩盖了，只留房舍、椰树的剪影，颇有情调。我们兴致勃勃地请沙希德帮我们拦了辆敞篷“理查”，迎着晚风、披着月光回旅馆。十几分钟路程，车资塔卡十元，好像还不到台币五块钱。

第二天早晨睁开眼，摸起手表一看——糟糕，竟然已经6点了！

不是叫旅馆5点叫我们吗？来不及抱怨，匆忙梳洗，临出房门口，morning call的电话才响起。冲下楼，天还是黑的，大厅里空荡荡的，除了睡眼惺忪的柜台职员，半个人影也没！

这一等又是半个多钟头，灰蒙蒙的旅馆外才终于出现三个人影，一位是DRIK员工，另两位是baby taxi司机和10岁左右的男孩。

当着我们的面，这位DRIK职员郑重其事地给了司机一张大钞，说明车资已经先付了，以免我们被敲竹杠。职员与司机握手，我跟内人、小男孩上车，三人挤在窄窄的后座，展开了惊奇连连的一天。

鱼市码头

天慢慢亮了，马路两旁有许多破烂的塑胶帐篷，里面睡着一户户人家。没帐篷的，就裹着破旧的被单露天而眠，还好这里的平均温度是摄氏二十七八度。要不然，从外地来首都讨生活的这些穷人，处境会更凄惨。

跟司机没法交谈，我们只有仔细观察沿路景象，以判断去的是什么场所。路越来越窄，人越来越多，四处钻进钻出的“理查”和baby taxi把路堵得无缝可钻。开机动车的似乎比踩人力车的阶级高，一路只见我们这位司机趾高气扬、不停地呵斥“理查”，叫他们让路。

鱼腥味越来越浓，一辆辆满载鲜鱼的板车陆续出现。我们恍然大悟，这可不就是那“湿湿的，可能需要脱鞋子”的地方吗？鱼市场就在港口，岸上摩肩接踵地挤满了买鱼的、卖鱼的、卸货的、装货的，还有大批发、小摊贩、找工作的、看热闹的……

码头位置高，表示涨潮、落潮的水位落差很大，站在上面便能把港内风光一览无余。简陋的大小渔船错错落落地在近海停靠着，每艘都装满了大海的礼物。一切作业都靠劳力，百多名工人排成数列，远看像是连结渔船与码头的点点虚线。一篓篓渔获经由虚线，朝着陆地逐渐升高，然后哗啦啦地泼在满是泥泞的地面上。鱼群跳动、人群蠕动，彼此混在一起，毫无距离。

任何与人有关的劳动，都不曾给过我如此强烈的视觉震撼。人头攒动，集体劳动的气势有如排山倒海，令人对生存这件事的体会又深了一层。

内人和我很快就成了焦点，被当成稀罕动物一般打量着。围逼过来的人不停地增加，而且定在那里不动，让我们几乎寸步难行，就连呼吸也不顺畅了。他们看来并无恶意，有的甚至友善地想跟我们握手。唯恐被人海淹没的恐惧感笼罩着我们，每声心跳都仿佛是催促：“赶快离开！赶快离开！”

早晨应该是清新动人的，但不断映入眼帘的大鱼、小鱼，大脸、小脸和杂七杂八、什么颜色都有的格子布衣裳，把我们搞得头昏脑涨，何况还有刺鼻的鱼腥、体臭、香料以及小地摊上糕点的味道。我们那位神气活现、老是对人凶巴巴的司机倒是挺尽责，一路都没让我们落单，还在我们的示意下帮忙开道，把我们从人群中带了出来。

小男孩看守的baby taxi，此刻就像是我们的避难所，赶忙钻进去，顿时觉得安全许多！车子噗噗噗噗地驶离码头区，我忍不住回头，无奈地一望再望——要不是被那么多人包围着，这儿可真是拍照的好地方啊！

惊悚片的场景

司机拿起单子，跟我们指指第二个地名。孟加拉文看不懂，反正

一清早，达卡渔港已挤满买卖鱼货的人潮。(阮义忠摄于 1994 年)

是照顺序嘛，就点头表示OK。谁知他却头一偏，好像在否定什么。怕他不明白，我们把头点得幅度大一点，他却又摆头，搞得人一头雾水。来回几趟，终于明白，孟加拉人摆头就是赞同、称许的意思。

熙熙攘攘的街景愈来愈密集，达卡居民的一天开始了。上班、上学的几乎都搭"理查"，身在车流当中，随时都有可能跟别人擦撞。神奇的是，所有"理查"和baby taxi的驾驶都技术高超，就像我们的司机一样，总能在最惊险的时候化险为夷，仿佛车辆是肢体的一部分。

孟加拉河道密布，湖泊众多，全国大小河流达700多条，有"水中之国"之称，但大多污染严重，看起来几乎是黑色的。沿着直通孟加拉湾的大河沿岸前行，只要有码头的地方，就有一群又一群的劳动者。在一个水门外，十来个男子泡在肮脏的河里，上半身赤裸地露出水面，有的在洗头洗澡，有的在洗脸刷牙，似乎是刚起床不久。看不到任何牙刷，人人用食指蘸着绿色粉末在牙齿上抹，看见我们就咧嘴笑，鼻下一片惨绿!

用黑水漱完口，怡然自得地把腰间的格子布解开，在身上左擦擦、右搓搓，就是洗澡兼洗衣了。四处张望，他们住的地方大概是货仓外的破房。环境如此，却人人都是开开朗朗的，哪像发达国家的人，衣食住行无不丰饶便利，却没几个不愁眉苦脸。可见，快乐的源头不是金钱、物质。

司机把车停在拥挤的街道角落，留小男孩在车上看着，示意我们跟他走。几分钟后进入一条小巷，照例人满为患、水泄不通。看得出这是个相当古老的市集，建筑多半是伊斯兰教风格，两层高，数不清的回廊交织成四通八达、迷宫一样的过道。卖香料、谷物、蔬菜、水果的小店鳞次栉比，五彩缤纷的各式根茎、叶类、种子、粉末盛在桶里或堆在盘中，颜色极浓极艳，气味特别古怪。

来往的人摩肩接踵，无法保有任何间隔，体臭浓重到可让人休克。内人跟我又成了异类，不必抬头都可感觉到精亮锐利的目光从四面八方射过来。也许是好奇，也许是恶作剧，有些人开始偷袭我们，一只只看不见的手在身上用力地东抓一下、西捏一把，猛转身，却只能见到重重相叠的人墙，完全无法判断是谁干的。

几步外的内人把皮包紧紧抱在胸前，脸色惨白，看来是受了不少委屈。用不着问，她铁定跟我感觉一样，仿佛置身于科幻片里的“异形”窝。我赶紧护着她调头，随着司机东拐西弯，直到挤出市集才喘了口大气。脑海里不禁浮现出经常看到的电影场景——那些惊悚、悬疑的间谍片、侦探片，不最喜欢在这种环境下拍摄吗？每张脸都透着诡异，每个角落都隐藏着危机。

人力低贱，不忍卒睹

中午回旅馆用餐前，我们来到一个位于河边的打石场。比起先前去过的地方，此处显得格外空旷荒凉。灰黄的沙地上，石块或砂石堆成的小山错落着，周遭连一棵树、一根草都没有。十来名搬运工缓慢地在河边一艘砂石船与半座石山间移动，背脊被压得让头颈降到了腰间，他们打着赤膊、缠着头巾，如雨的汗水滴在烫沙上，随即无影无踪。

石堆旁站着一个猥琐的老头，手中的麻袋沉沉下坠，每当工人在他面前卸下一篓砂石，他便掏出一个小铜板放在他们有如乞讨的掌心里。如此卑微、劳累，一天能赚几个铜板？要把一家大小喂饱，又得需要多少铜板呢？人力低贱若此，怎忍卒睹！

往里岸走，又是一堆堆石头，每堆旁边都有两三位工人。大太阳

水泄不通的果菜市场，令人有如置身侦探悬疑片场景。（阮义忠摄于 1994 年）

底下的男女老少席地而坐，除了手中的锤头，没有任何其他工具。两只脚掌圈住石块，一锤又一锤，一锤又一锤，直到大石碎成小石。地方这么穷，人口这么多，老百姓有如被践踏的蝼蚁，只要人力可以完成的活儿，老板绝不以机械替代。而无论工作量有多大，总是有为数更多的人排队等着，以原始的体能换取低廉的工资。

河滩尽头是个小树林，简陋的聚落就搭盖于此。一户户破旧的塑胶篷前，身着艳色纱笼的妇女蹲在土坑旁生火、煮食，有的年轻，有的年老。只见她们单纯的脸庞上漾着知足的微笑，或擀着面饼，或搅着瓦锅，或跟邻居聊天，或呵斥追狗的小孩……

工人们的幸福就在这里。袅袅炊烟，几百米外劳作的人夫、人子，在闻到咖喱芳香的那一刻，心已经飞回家了！

永恒的存在

回旅馆吃过午饭，稍事休息，内人说什么也不愿再出门，我只有一个人继续冒险。单子上的景点实在是太多了，无论如何也不可能在一天之内看完。我有点急了，不知那栋举世闻名，由当代建筑大师路易斯·卡恩（Louis Kahn）设计的孟加拉国会大厦被排在第几位。

灵机一动，把印象中的大厦画给司机和小弟看，两人头一摆表示了解，随即上路。车子开了半天，在一处公园停下来。司机带我进去，指着一个临时搭起来的高耸看台，头一摆。可是，完全会错意了！只能怪我画得不像。

这下子他们也没主意了，只有载着我乱逛，当我远远看到前方出现的建筑一角，朝那边一指时，两人才恍然大悟地笑起来。

大厦平常人不能进去，我只好在外面绕。以前曾在一本书上看过

建筑大师路易斯·卡恩设计的孟加拉国会大厦，在达卡显得格外突出。(阮义忠摄于 1994 年)

这栋建筑的照片，当时印象最深的就是，外观和内部空间都是利用极简的几何元素，由三角形、方形、圆形组成。而这了不起的建筑艺术，现在就立在我面前！一大片奇妙的建筑群被曲折广阔的人工湖包围着，湖水像镜子般加倍强调了雄伟的建筑气势。绕湖一圈，就可欣赏到每个角度的不同风貌。

这样的建筑，若是盖在其他大城市就不会显得这么出色。在都市丛林里，它只不过是众多的地标之一，但在这几乎一无所有的地方，不但是唯一，还会是永恒的存在。正因为它存在于达卡，才会让人感觉它是如此珍贵与绝对。

这一路算是轻松多了，不再动不动就被人包围。本来还在想，内人没跟出来真是亏大了，但四下观察，终于明白了一个现象！街上尽是男人，妇女少之又少，即使有出来走动的，也是从头到脚都包着。内人留短发，穿短袖、牛仔裤，难怪会被当异类！

让人既爱又怕的城市

之后去逛的两个地方，一是老城墙、一是老商业区。城墙无史料提供，不能了解它的辉煌过去；商业区则是用不着任何说明，一看就明白，和几个世纪前没多大差别。

生老病死的行业在街上杂处，所有不可能的组合都在这里共荣共存。点心店挨着洗澡堂，颜料铺旁边是白铁店，刻墓碑的与妓女户为邻，卖金饰的隔壁正在分割羊肉。还有一些乌七八黑的店面，看不出是做什么生意的，楼上阳台却有男子热络地招呼着行人……

另外有个让我纳闷了一整天的现象也在这里找到了答案。经常看到一些男子面壁蹲在马路旁，由车上匆匆一瞥很难看清楚究竟在干吗。

现在徒步闲逛，才晓得那些人是在小便。人人腰间围着格子布，从后面倒是什么也看不到，蛮隐蔽的。

一整天下来，算是看够了达卡的各个面相，深深感觉这个城市真是让人既喜欢又害怕。就拿原本信赖的司机来说吧，快分手时，突然变了个人似的，急切地不断朝我比手画脚，整个脸都涨成了酱紫色。就连那害羞而不多言的看车小弟，面孔也浮现出一种极不可爱的神色。比了半天，总算明白了——他们要犒赏。虽然DRIK职员事先就告诉过我们，不必再给任何小费了，但两人一而再、再而三地纠缠，让我开始感觉，若不给钱，他们可能会把我放在路边，不载我回旅馆。

为了保险起见，我不断地试着告诉他们："OK，但必须先回旅馆！"一路如坐针毡，好不容易熬到了旅馆前，身上虽只有百元塔卡，也只好掏了一张打发他们。

这两人如释重负，看到那相当于一美元的钞票，脸上现出饥渴贪婪的表情，真是让我感慨万千！

化学博士拥抱摄影

次日晚上，沙希德安排我跟一些年轻摄影家聚会，替《摄影家》杂志计划做的孟加拉专集热身。我在DRIK画廊放幻灯片介绍我的作品，而他们每个人也或多或少带了自己的作品来让我欣赏。

基本上，孟加拉的摄影还是以沙龙为主流。沙希德所花的心血，主要用于推广和提升新闻摄影。他在国际摄影界已是有地位的人，不但担任1994年"世界新闻摄影"（World Press Photo）比赛的评审，还是"大师工作室"（Master Class for Young Photographers）的提名人。近年来他更在办公室设置了电子邮件系统，一心一意为第三世界的摄影家建立联络网。

可以感觉得到，在信息封闭的孟加拉，摄影圈人士并不了解他的重要性，也不完全认同他所做的努力。沙希德也明白这一点，但种种阻力并没让他气馁，凭着过人的毅力与信念，他依然在步步朝着实现理想的目标迈进。

众人散去后，我们跟沙希德共进晚餐，深谈之下，感觉他除了是优秀的新闻摄影家，还是很纯粹的知识分子与理想主义者。他年幼在孟加拉读书时，物理、化学、数学就总拿A，去英国留学后，于1972年拿到“威廉·邓宁侯”（William Durning Holt）物理奖，从利物浦大学（Liverpool University）生化系毕业，在伦敦大学（London University）拿到有机化学博士学位后，还在英国大学教过化学和物理。

1981年，他把玩帮朋友买了、朋友却不要的相机，竟然产生了兴趣，进而认定摄影是替祖国服务的最佳工具。1984年，快30岁的沙希德决定回国，照着自己规划的蓝图，有声有色地干起来。

分手时他说，明天会晚一点来接我们去机场，因为要去参加一个示威活动，反对孟加拉最大反对党所发动的全国无限期大罢工。“这是很不好的事，因为孟加拉工人按日计酬，少做一天工就少拿一天钱，罢工对他们影响太大了。很多人以为我反‘反对党’就是向着执政党，其实我两边都反，这次是和一些志同道合的朋友表明一下立场！”

爱发表意见，让执政党与最大反对党对沙希德都十分头痛，我们只有默默祝福，希望明天的示威游行不要出岔子。隔天一见面，我们迫不及待地问及情况，他却苦笑：“结果只有我和另一个人出现，其他答应要去的人都没来！不过，我总算是表明了我的立场和意见。”

回台北不久后，沙希德来信，说当地最大的报社去访问了他。媒体很好奇，只有两个人的示威，到底是要抗议什么？他在信中开心地写着："报纸一登，我们的声音就可被更多人听到，说不定可以影响一点什么……"

什么事都从乐观角度出发，让沙希德能在艰困的环境里孜孜不倦地干下去!

皇家艺术学校舞蹈生盘坐地上，双手互折手掌做热身。（阮义忠摄于 1994 年）

游金边

见识人性的至美与极恶

情势紧张的柬埔寨

当我们决定去柬埔寨首都金边时，朋友们纷纷警告：此时去不得，红色高棉（Khmer Rouge）最近动作频繁，外国人恐怕会有生命危险。

台湾的中文报纸很少提柬埔寨，英文报纸在那一阵却常有显著报道。11 月 3 日就有这么两则新闻。

一则内容是："路透社 11 月 2 日于金边报道，在反叛军处决了三位西方人质后，柬埔寨国王西哈努克警告观光客避免造访该国。他表示柬埔寨正处于战争状态，'显然并不安全'。'这些卑鄙、不容宽恕的杀人凶手必须对这三位年轻人的死亡负责。我在此对他们发出最严厉的谴责。'"

被害的三位人质是英国人马克·斯莱特（Mark Slater），28 岁；法国人让 - 米歇尔·布拉凯（Jean-Michel Braquet），27 岁；澳大利亚人戴维·威尔森（David Wilson），29 岁。三人于去年 7 月 26 日在一次柬埔寨南方的火车袭击事件中，被红色高棉军挟持。

另一则内容是："美联社 11 月 2 日于金边报导：位于柬埔寨西北某省的副首长于星期三说，红色高棉军游击队绑架了 71 位村民，并强制他们步行四天抵达一处游击队基地后，处决了其中的50位。”

一位英国朋友用传真劝阻我们：“现在去金边太冒险了，是不是要考虑延期……”台北老友则建议我们干脆取消此行，因为“没什么事比老命更重要”！

举棋不定之下，我们发了封传真到瑞士，向约好在金边碰面的丹尼尔·施瓦茨：“最近柬埔寨情形紧张，需不需要把行程延后？”

丹尼尔满不在乎地回了传真：“你们不要那么紧张，金边是首都，很平静的。只要我们不离开市区，安全没问题。那个地方我熟得很，只要跟着我，保管没事！”

既然如此，还怕什么。不入虎穴，焉得虎子！这次去金边的任务，是要察看一批十分吓人的照片。几个月前跟丹尼尔在巴黎碰面，他拿了13张来自金边的照片影印稿给我们以及当时也在场的老友陈传兴看，大家都被震撼得说不出话来。

到底是什么影像，能有这样大的力量？

摄影史上最令人震撼的肖像

柬埔寨的原独裁者波尔布特（Pol Pot）于掌权时期（1975—1979），在金边设立了一个代号为“S-21”的秘密监狱。每个男女老幼在进来时，都被拍下档案照片，接着便会开始历经一连串惨无人道的折磨与拷问。绝大部分人都是被挂上“莫须有”的罪名，却没有一位能获释，迟早都会被处决。

丹尼尔给我们看的，正是那秘密监狱中的13位囚犯肖像。照片并非惨不忍睹，有些人的表情还特别安详，被拍下的有军人、平民、少女、小孩，以及怀抱婴儿的母亲。

金边机场小而冷清，只有我们这一架小飞机。（阮义忠摄于 1994 年）

每个人都瞪着镜头，眼睛睁得大大的。有的一脸茫然，似乎还搞不清楚到底发生了什么事；有的人神色恐惧，为前方巨大而不可测的危险而惊惶；有的人好像已知道自己的命运，显得出奇地宁静，就像是在借着这个最后的机会，透过相机镜头对世人说："这是我，虽然渺小，但曾经存在。"

就摄影美学的角度来看，这些照片的水平也非常高。构图不能再简单了，就像是证件照半身像，然而，人物的精神和意志却穿透纸面、直入人心。在这个特殊的例子里，照片的效果与摄影师的功力无关，之所以扣人心弦，纯粹是被摄人物因处境而自然产生的心灵反射。有几张照片，毫无疑问可称得上摄影史上最强而有力的肖像，其不朽的艺术价值，不但不逊于奥古斯特·桑德（August Sander）的作品，更凌驾于伊文·潘（Irving Penn）、理查德·埃夫登（Richard Avedon）的作品之上。

半年前，丹尼尔受我们之托，一直在帮《摄影家》杂志筹备"东南亚摄影专号"。他的想法是，把在柬埔寨看到的这一组照片列为专号内的一个小单元，可这13张照片让我觉得，应该把更多有关作品好好编辑，让它们发展成一集专号。

"这批照片一共有几张？"我迫不及待地问。丹尼尔回答："可多了！当然并不是每张都这么强，但好的也不少。"

在我表明考虑做专集后，丹尼尔的表情是兴奋之中带点怀疑："这个构想太好了，但实在很大胆，你真的想做整本专号吗，不怕有碍杂志销路？"

"好照片的数量要够多，我才会考虑做整本专号。至于销路问题，就先放在一边吧！"

"那你最好亲自跑一趟金边，跟发现和整理这些照片的两位美国人——克里斯·赖利（Chris Riley）和道格拉斯·尼文（Douglas Niven）

见面。”

就这样，我们和丹尼尔在巴黎蒙巴那斯大道上的圆顶咖啡（La Coupole），定下了金边的约会。

美金比人重要

我们如期上路。原以为办签证要花上一些时间，没想到旅行社说柬埔寨是落地签证，只要备好大头照和美金，随到随办就行了。

在东南亚地区，泰国航空的航线算是最多的了，无论要去哪国都成，只不过都得在曼谷转机。在转机室已经有感觉，在这敏感时期，几乎没有外国观光客去柬埔寨，仅见的几位西方人，从穿着打扮以及所背的 DOMKE 相机袋，可以确定他们是摄影记者。是不是又有什么事发生了？

金边国际机场又小又冷清，整个机场只有我们这架小飞机。飞机从跑道上转弯以后，慢慢滑到入境大厅的门前。原以为下了飞机，走几步路进去就行了，没想到所有乘客都被拦下，听指挥排队上了一辆巴士。人人一脸狐疑，想的大概都是同一件事：难道入境关口是在别处？但四下张望，明明只有这一栋平房！

接下来发生的事真是既滑稽又荒唐，巴士在原地打了一个一百八十度的转，也就是说，车头和车尾互换了一个方向，大家还没来得及坐定，就又被赶了下来。没错，那平房正是入境处。近在咫尺的目的地还得又排队又坐车的，真是搞不懂他们的思维逻辑！

狭窄的入境处摆了几张长条写字台，每位旅客领了表格就站在台边填写。资料填完，大家排成一列，把护照、表格以及 20 元美金交给一排端坐的男办事员。他们共有五位：一位收件，一位填写，一位收钱，一位盖章，一位发件。没计算机，一切手写，表格马马虎虎瞄过，美金却是看了又看，好像人是假的不要紧，钱可不能假。一个老美缴的钞票比较脏旧，经办人员非要他换一张，搞得他哇哇叫！

一出海关，就看到瘦瘦高高的丹尼尔迎上前来。他和他的标准打扮，永远叫人看了亲切——虽旧却保养得很好的黑色皮夹克、黑色牛仔裤、永不离脖的黑白格子围巾。这回，他已在东南亚待了一个多月，脸庞晒得黑黑的，有四分之一越南血统的他，看起来更像东方人了。

在东方得自在的丹尼尔

我和内人去过丹尼尔位于苏黎世的家。跟他在瑞士相处的那几天，老是听到他抱怨西方社会的麻木不仁，时常喃喃诉说，他随时都在数日子，期盼下一次到东南亚出任务的时候。丹尼尔是个极好的摄影家，也是瑞士摄影记者中的“东南亚通”，因为他平均每年总会在这个区域待上三四个月，甚至更久。眼前的他不但生龙活虎，而且显得开心极了！他经常挂在嘴边的是“我只有在东方才能真正地创作”，看来的确不假！

来自不同国家的友人在第三国相见，感觉特别好，双方都既非主人也非客人，心情更轻松。丹尼尔与我们拥抱、问好，两手抓起我们的行李，长手长脚地就往外走。一堆出租车司机蜂拥而上，丹尼尔却挥挥手叫他们走，原来他每次到金边都包同一辆出租车，出入都有专属司机接送。

上车后，丹尼尔笑嘻嘻地从前座回过头来说：“我这个司机人脉可广了，他开出租车是兼差，没事就溜出来赚外快。你们猜他的正业是什么？”

左猜右猜都不对。丹尼尔卖足了关子，才得意地宣布：“他是警察，原来还是刑事组的，有一天翘班开车，在街头被上司碰个正着，所以被降级，调去指挥交通。虽然溜班更方便了，可是他一肚子牢骚，因为被降调很没面子！”

黑黑瘦瘦、40岁左右的司机看起来颇精明，但只懂必要的几句英文，见我们开心，也热络地陪着大笑，不知晓不晓得我们笑的是他。

离开机场后，一路都是石子路，车子一过便尘土飞扬。马路两旁的房子矮小破旧，风景荒凉，人烟稀少。我们问丹尼尔机场是不是离市区很远，答案却是：“市区也差不多就是这个样子。这里的政府很腐败，钱几乎都被官员贪光了！波尔布特当权时，老百姓被杀的被杀、逃的逃，金边几乎成为空城，直到最近几年才开始有人陆续搬进来。”

我们打量经过的建筑，东指西指，丹尼尔便为我们解惑。像是该拆掉的几栋破楼房是一所大学，两三栋灰扑扑的平房是医院，稍微坚固点的是国防部。外表有点样子的多为外国使馆，日本大使馆尤其让人眼睛一亮，是栋漆得白白新新的法式殖民建筑。直到抵达市中心，还是没有柏油路，真不知世上还有哪个国家的首都是这样的。

总算到了一个人车比较稠密的地区，最醒目的就是那栋老旧但造型独特、充满现代感的球顶圆形大建筑，占地面积不小。丹尼尔告诉我们，那是法国人在殖民时期盖的，从前做什么他不清楚，但现在是中央市场。

“第一好”的旅馆房间

下榻之处就在市场正对面，招牌除了标示着法文 La Paillot，居然还有“荣华饭店”几个中文字。

我问：“这家饭店敢情是中国人开的？”丹尼尔摇头，说是一位住在这里很久的瑞士人开的，但他并不是捧家乡人的场，而是因为这家老店有摄影记者的传统，从越战时期开始，这就是战地记者喜欢的落脚处。几位大名鼎鼎的摄影记者，如唐·麦库林（Don McCullin）等，都曾是

La Paillot 的常客。

“楼下是餐厅，”丹尼尔领着我们绕过，从旁边的窄楼梯往上爬，“我给你们订的是全旅馆第二好的房间，因为我已经住了第一好的。照规矩，如果有两个以上的摄影记者同时入住，比较资深的有权享用最好的那间。我跟前辈来总住不到，所以一个人来的时候一定要住这间过过瘾！”

看他讲得喜滋滋的，我们忍不住先去参观那“第一好”的房间。推开油漆剥落的木门，里面平平常常地放着铺着旧床单的大床，桌椅、衣柜、小电视、小冰箱，无一不简陋。唯一有点意思的就是那面让空间显得不那么单调的斜墙。此外，房间位于旅馆顶楼，也就是第三层楼的边间，视野开阔。看丹尼尔心满意足的模样，可见任何具备传统意义的事物，其魅力均不可小觑！

“第二好”的在二楼。虽然也面街，有小阳台，可视野被乱七八糟的电线搞得惨不忍睹。其他的陈设则是大同小异，感觉不像住旅馆，倒像在台湾最偏僻的乡下农家借宿。

急忙打开行李，把衣物收到门钮一拉就掉的橱柜里，迅速到地板凹凸不平的浴室冲个热水澡。在柜台登记的时候，女服务员告诉我们，由于电力不足，整个金边都必须分区停电，旅馆从下午 3 点开始停电一个小时。3 点一到，嘎嘎作响的冷气机果然在一阵剧烈晃动后停止了呼吸，仿佛中了弹的蛮牛。室内温度开始急速上升，12 月的金边竟然热得有如夏天的台湾。除了打开窗户别无他法，街头的喧嚣乘着热风肆无忌惮地冲进来。心情倒是意外地平静下来，一路至此，没有感觉到丝毫不安——丹尼尔是对的！

说曹操，曹操就到，丹尼尔敲门入房。“我知道你性子急（其实他的性子也不慢），已经帮你约好了克里斯和道格。咱们现在就去法新社（Agence France Presse），他俩已经把照片准备好了，等着我们。”

先前丹尼尔就提过，道格是法新社驻金边记者，克里斯则曾是法新社驻香港记者。为了让照片重见天日，克里斯离职后专门为这项计划奔波——在美国找经费，在柬埔寨和道格一起整理这批照片。

刚走到旅馆门口，“丹尼尔的车”就滑过来，一尺不差地停在我们面前。丹尼尔很喜欢和司机逗趣，常常反复学着司机的口音，怪腔怪调地讲些简单的英文字句，把司机逗得叽叽呱呱笑。

“Now——go——Agence France——You know?”

“Yes—— Go—— Now!”

像这样引人发笑的对答，几乎每隔一段路就要重复一次!

克里斯和道格

法新社就在日本大使馆旁边，也是殖民时期留下来的老房子，高围墙、大铁栅，给人门禁森严的感觉。丹尼尔显然是常客，大剌剌地把铁门打开后，便领着我们直闯办公室找人。

道格是个典型的美国青年，有一张娃娃脸和可乐喝多了的身材，心里想什么脸上出现的就是什么。克里斯与他年纪相当，却显得沉稳内敛多了，像个小老头儿似的。后来才知道，他在大学时修过几年佛学课。

握完手，寒暄几句，喝了两口冰可乐，我再也按捺不住地问：“可以马上看照片吗？”两位年轻人笑道：“早就准备好了！”

办公室的一张长桌被整理得干干净净，正中央放着一个大大的无酸照片保存盒。不用说，里面应该就是他们筛选过的“S-21”档案照片，也就是我们此行的目的。

几个月前在巴黎看到那 13 张影印稿的冲击，现在不但回来了，而且还加倍地沉重。首批虽然是丹尼尔的精心挑选，可是盒内这些近百张的肖像，至少有三分之一并不逊色，照片的放大质量好得不得了！

细问之下，才知他俩下的功夫可大了！当初他们在“托斯连罪行博物馆”（Tuol Sleng，为保留“S-21”监狱原貌而成立的博物馆）看到这批 6cm × 6cm 正方形胶卷时，这些胶片正被随意放置着，全都快报销了，每张底片都罩着厚厚的灰尘。两人费了许多口舌，让女馆长明白这些影像记录的重要性，并授权他们为这些底片建档，并做永久保存处理。

克里斯到美国募得所需经费，用货柜把暗房装备及耗材运到金边，一个工作中心就这样从无到有地成立了。每张底片都要用清洁剂与去霉剂清理干净，再放入无酸的底片保存袋。由他们整理出的底片共计六千张，每一张都被压成样片并一一建档。接下来，他们再将筛选出的一百多张底片放大成三套 11cm × 14cm 的传统纤维纸基相片。所有处理步骤都达到了博物馆级的永久保存收藏标准。一切就绪后，两人开始积极联络美国与海外的知名出版社、杂志社，寻求让史料公之于世的机会。

据估计，在“S-21”被拍照存证的柬埔寨人有 15000 名之多，而这只是波尔布特掌权时期受迫害的一小部分人民。据说在不到四年的时间内，多达 100 万的柬埔寨平民（平均每 7 人当中即有 1 人）死于饥饿、营养不良、医疗延误或治疗不当。另有 20 万人，包括照片上所有的人，均被视为国家敌人而惨遭处决。纳粹杀害犹太人的史实众人皆知，相较之下，晓得柬埔寨这段悲剧的世人却是少之又少。

然而，道格和克里斯的努力却到处碰壁，以市场为取向的各国出版界，对这批照片的态度是避之唯恐不及。来自小小台湾岛的我们，是目前唯一对他俩工作表示过兴趣，并专程前来金边探望他们的人。

这一大盒照片，如果光看 13 张，会觉得它们是摄影艺术的巅峰之作，但超过某一数量之后，就不可能再用看艺术品的眼光欣赏。每一张脸孔、每一双眼睛都在跟你诉说，诉说他们的恐惧、他们的记挂，诉说他们的

丹尼尔·施瓦茨（左）和阮义忠（中）及克里斯在金边法新社观看“S-21”档案照片。（道格·尼文摄于1994年）

过往、他们的希望与绝望……一张又一张，每一张都是面对死亡的脸孔，叫人打心底深处起寒战，令人跟他们一样害怕！

把照片放回盒里，一时之间，真不知要说些什么才好。丹尼尔、克里斯和道格也都一语不发，目不转睛地瞧着我，担心我会像别的出版人一样婉拒他们。灌下一大杯水，我理理思绪后才开口："我知道，人们会不忍看这些照片，甚至故意回避事实。我也知道，这会使该期杂志销路下跌。可是我仍然要出版，而且要出整本专号。"

三个人愣了一下，然后高兴地笑起来！丹尼尔拍拍我的肩膀，说："你做了一个了不起的编辑决定。我相信，要是阿诺德·库伯勒（Arnold Kübler）仍在世，看到这些照片也一定会下同样的决定！"

阿诺德·库伯勒是丹尼尔和我聊天时经常会提到的名字，他是瑞士文化杂志 *DU* 的创办人及首任主编。截至目前，这本杂志已经办了 53 年，出过 640 多期，且始终坚持着创办之初所秉持的人文精神。《摄影家》杂志第 15 期（1994 年 8 月号）正是以摄影角度出发，向 *DU* 致敬的专号。

丹尼尔正是 *DU* 杂志的摄影师与摄影顾问，我们也是从制作那本专集开始认识并成为好友的。

老外爱吃辣

道格和克里斯坚持晚饭一定要做东，一行人分乘汽车和摩托车来到了一家叫"皇家"的泰国菜餐厅。

端上桌的菜多，饭多，酒也多。蛮地道的泰国口味，米饭是用小草篓一份一份蒸的，酒则是清一色的冰镇日本啤酒。菜色有凉拌、红烩、清炖，每一道几乎都是辣的，而且比我们在台北习惯的泰国菜辣很多！鱼露的辣，生辣椒、辣椒粉、辣椒酱的辣，生葱、生蒜的辣，咖喱的辣……

生的辣，熟的也辣，热的辣，冷的也辣，倒是辣得不单调，掺着椰汁的甘甜、牛奶的浓郁、柠檬的清香。

以我们对辣的忍受度，把食物往嘴里送的顺序不得不调整为菜一口、饭两口、啤酒三口——不，是一杯！看道格、丹尼尔和克里斯眉飞色舞的样子，下次若有人说老外不爱或是不能吃辣，我们肯定会报以冷笑。

先前在办公室的严肃气氛一扫而空，故事和笑话一个接一个出笼。世界真是越来越小了，各国文化的界限也益趋薄弱，瑞士人、美国人和中国人在柬埔寨人开的泰国馆子里喝日本啤酒。世界大同，一切都再和谐不过了！总之，这顿饭真是过瘾到了极点。回旅馆后，我们发现嘴唇肿了一圈；再就是，第二天上厕所感到特别辛苦。

分手前跟道格和克里斯约好，隔天去 Tuol Sleng 看看：一来，为了编好杂志，得了解现场；二来，需要拍几张他俩在现场的照片。

“那地方我去过，拷打犯人的刑具和原来的禁闭室完全保留原样，感觉简直和当年一样阴森恐怖！”回旅馆的路上，丹尼尔这么表示，“明天我可不陪你们去了，这种地方，去一次要过很久才消化得了！不过，我会做一个很好的安排，在去看丑陋的景象之前，先带你们看看美的东西，免得你们对柬埔寨的印象过于黑暗！我叫柜台明天 6 点 morning call!”

这个瑞士佬的守时和做事的一板一眼，我们早就领教过了。上次他来台湾，我们去桃园接机，那天人特别多，十分嘈杂，眼看着他出关往大厅另一头走，我们赶紧挤过去，却发现他不见了！怎么也找不着，我们只好在回台北后打电话到帮他订的旅馆试试看，这才晓得，他已安然入住！见面时问他，到底在机场等了几分钟。他一本正经地回答：“三分钟。”

皇家艺术学校舞蹈学生每早练舞。（阮义忠摄于 1994 年）

“三分钟？！”我们瞪大了眼睛。

他却依旧严肃地回答：“你们做事的质量一向让我佩服，我想，像你们这么专业的人，要不就是准时前来，要不就是根本没办法赶来。”

还来不及反应，他又接着解释：“有时，精准性可是攸关性命安危的！前辈战地记者常说，跟线民有约，时间一过就要立刻走人，否则，天知道会有什么后果！”

回到旅馆已 11 点多。金边的夜晚相当冷清，跟丹尼尔道过晚安后，我们立刻回房睡觉，怕的是休息不够，明天清晨“专业”不了！

金边仙子

天光乍亮，警察司机早在旅馆楼下等候了。我们上了车，司机和丹尼尔又是一番“Go——Now”之后，咯咯笑着发动了车子。问丹尼尔究竟要带我们去看什么，他神秘兮兮地笑着答：“去了就知道！”

车子往闹区外开，一路上人来人往，准备上工、上学的大人和小孩，有的骑脚踏车，有的走路。摩托车很少，私家汽车更是罕见，大多为出租车。

一天之始，无人显得匆忙，一切都是慢悠悠的。出租车往一个古式建筑的大院落笔直开进去，赶紧打量一下入口处的大木匾，上面除了柬埔寨文，还有法文 Ecole Royale de Beaux Arts——原来是皇家艺术学校！

到了这会儿，丹尼尔才说：“选此刻来，是因为学生们每天都在 7 点开始练习传统柬埔寨舞蹈。这个时候光线最好。练舞之处是在二楼的凉亭式表演台，只有一面是墙，晨光毫无阻拦地斜射进来，真是美极了！”

柬埔寨传统舞蹈仅存的老师以前是皇宫舞者。（阮义忠摄于 1994 年）

皇家艺术学校杂耍科教室。（阮义忠摄于 1994 年）

来得正是时候，凉台上那群叽叽喳喳的小女孩，正三三两两地凑在一块儿换舞衣。只见她们个个眉清目秀，年纪从八九岁到十四五岁不等。

柬埔寨传统舞服在图片上看到过，上半身是一截贴身小衣，下半身是臀部宽松、下摆收拢的裤子。没看到她们换舞衣前，还不知其中奥妙。那些五颜六色的舞裤，原来是在上台前才变出来的：看似裤子，其实是一匹又宽又长的布。首先得由两个同伴把布匹拉开当屏风，在隐蔽处把日常衣物换掉后，布匹高度就从头部降到腰部。女孩把布的一头紧紧勒在腰间，另一头由同伴拉着不动，女孩再整个人朝同伴卷过去，把下半身裹起来。裹个几层后，将剩下的布从背后经胯下拉到腰际，再围几圈，塞在腰里。最后，系上一条既能固定，又有装饰作用的金属腰带，便大功告成！

阳光像金箔般地洒进来，一大片一大片的，比丹尼尔的形容不知美了多少倍！乐师们来了，换好舞衣的这群女孩依序进场，各就各位。伴奏用的是东南亚地区常见的打击乐器，有大大小小的铜锣、皮鼓、木琴等。趁着乐师调音，所有舞者都盘坐在地上，两手交互着把手掌反折，使掌、臂之间的关节柔软、曲度加大。手势变化是这种舞蹈的关键所在，折手掌正是每天练舞前必行的热身运动。

班长点过名后，一位头发灰白、满脸沧桑、腰杆却挺得笔直的老妇人手摇纸扇，施施然地走进来。丹尼尔靠过来轻声细语：“这位舞蹈老师以前是皇宫里的舞者，所有宫女在波尔布特时期都被杀光了，只有她躲过一劫。整个柬埔寨只有她一个人懂得正统民族舞蹈舞步，现在，她全凭一己的记忆，要把差一点就会失传的一支支舞码传承给后代。”

乐曲开始响起。节奏、旋律与曲调都十分简单，且一而再、再而三地重复着。然而，一种无法抗拒的魅力却使人不由自主地顺着节拍吐纳，随着旋律摇晃。舞者静穆凝神，像入定般眼观鼻、鼻观心，没有任何表情。轻踩莲步，以仅约一个脚掌的幅度，带动身躯往前后左右移动，上半身几乎不动，全靠两只手臂与手掌展现复杂细腻的情感。四肢的伸展空间局限于最小范围之内，却能把有限的肢体语言化为无尽的风情。

动作看似不大，却必须在举手投足之间精确掌握分寸，精力的消耗可想而知。不久之后，舞者古铜色的脸庞开始微微发汗，细细的汗珠在朝阳之下闪烁，把神采辉映得更为动人。古乐铮铮、金光罩身，未上舞台前的乡气稚女，此时个个都成了姿态曼妙、气韵非凡的仙子。

丹尼尔跟我怕错过这么美的光线，按快门的手几乎没停过。直到太阳升高、光线不再那么好了，我们才暂时收工，好好坐下来当个欣赏者。

皇家艺术学校

“每次到金边，我一定会来这里逛逛。这个国家战乱不断，政府腐败没效率，市景荒凉，百姓又穷又苦。来到柬埔寨，会让人觉得这是一块没有希望的土地，百姓是何其不幸！任何有‘心’的人在这里待上几天都会沮丧无比。幸好还有这么一个地方可以来——从她们的舞蹈艺术里，我不只看到美和善，还看到希望！”

丹尼尔的心境我了解，但那份惆怅却一时赶不走。看完练舞他想离开，我和内人却希望到学校的其他部门看看。他来过太多次，不想再逛，便独自钻进车内打盹儿。

在“皇家艺术学校”，除了舞蹈科，我们还参观了音乐、美术、戏剧等科系。音乐科除了教授本国传统音乐，还设有西洋古典音乐组。老师一对一地指点不知名的传统乐器，也有外国老师教导小提琴、大提琴、钢琴、法国号以及各式管弦乐器。原来，学校有联合国教科文组织（UNESCO）的经费赞助，否则，以国家贫穷的程度，还真无法维持精英教学制度。

逛着逛着，来到位于操场边的一栋高大建筑，外表像体育馆，里面却是一个十分有趣的宽阔教室。原来这所学校还有杂技科！一进门就好像到了一个马戏团：最高处有空中飞人荡秋千，半空有人走钢丝，地板上有人翻筋斗。此外，还有同时摇十几个呼啦圈的，丢接木瓶的，练软骨功的……大部分学生的动作依然生疏，在老师的指导下一而再、再而三地重复几个同样的动作。平常只能见到杂耍表演是如何地出神入化，在这儿才亲眼看到了那些毫无闪失的动作，是如何在严格纪律与超凡毅力之下，点点滴滴地磨炼而成。

艺术学校把杂技也纳为一科，想想还蛮有道理。精致文化固然重要，通俗技艺也应该顾及，文化与技艺都来自民间，也应该回到民间，两者均需要传承与推展。

皇家艺术学校的见闻让人感慨万千。我们所遇到的每位当地人，不管大大小小、男男女女，看起来都是那样温和、善良又好礼。这样的民族，怎么会出现波尔布特那样的大屠夫？“S-21”里的狱卒，又怎能那般折磨自己的同胞？人性的最善与极恶，到底是怎么产生的，又为何能同时存在？

烟商的第二春

回旅馆后，我们三人在餐厅享用美味的河粉与清凉的空调。室内一片宁静，窗外亮得炫目，太阳高升，中央市场聚集的人越来越多。

挂钟指向10点钟，该去托斯连罪行博物馆和道格、克里斯会面了。

丹尼尔要去政府机关申请拍照许可，不能陪同。“我帮你们另外雇了一辆出租车，算是你们包的。去哪里就跟司机说一声，可是不到傍晚不能付钱，否则他会拿到钱就回家睡觉，找都找不到！”丹尼尔交代司机载我们去“托斯连”，然后自行离去。

被丹尼尔称为“Little Man”的这位司机，除了长得更黑更瘦，个子也比一般柬埔寨人更矮。他脚蹬塑胶拖鞋，头顶一蓬粗发，看似严肃腼腆，笑起来却比警察司机更大声、更歇斯底里。我们猜，是不是笑得越夸张，就表示越友善？但他们虽然爱笑，却笑得很不自然。

金边市区绕来绕去给人的感觉都差不多，阳光虽然灿烂，亮晃晃的首都看起来却像一个贫瘠的小乡村。市面上的广告牌虽然寥寥可数，却可知道，即使在这消费能力不高的“城市”，日本产品也已领先诸国，为抢滩做了准备。

最抢眼的就属“阿兰·德龙”牌（Alain Delon）香烟，风流俊美的德龙先生在木板油漆画里叼着香烟，眼神暧昧，嘴角微翘，炫耀着不足为外人道的满足感。这样的影像，这样的煽动效果，让以前、现在与未来的烟枪如何能不蠢蠢欲“抽”！

这个品牌的市场占有率显然不坏。听人说，香烟供应商专门在乡镇里放映阿兰·德龙的电影，不但免费欣赏，还分送这位“男人中的男人”所爱的香烟。西方各国在公共场所实施禁烟令，搞得香烟制造商在发迹地域没得混。瞧，神通广大的他们，不又在第三世界找到了第二春？

托斯连罪行博物馆

托斯连罪行博物馆的外观不像一般的监狱，事实上，它原先也只是一所普普通通的中学，被波尔布特人马改造用来监禁、折磨人犯。博物馆不收门票，只在入口处的凉亭里摆了个捐献箱。几位男管理员懒洋洋地斜靠在亭里的竹椅上聊天，一位略懂英文的起身跟我们打招呼，脸上挤出一团笑："美国人来电话，有事要处理，迟一点才来。"

我和内人也在凉亭里坐下，才几分钟就感觉疲惫不堪、昏昏欲睡。也难怪炎热地区的人们比较懒散，天气郁沉沉、黏糊糊的，实在是让人提不起劲儿做事。看来这儿平常也没什么访客，管理员们除了聊聊天、烧烧水、扫扫地，就是拿着细长的竹竿在几株椰树下打椰子。

一切都是那样沉闷与单调，从坐的这个角度打量，光秃秃的院子里，只有两排灰扑扑的旧楼房以及几只无精打采的狗。整个地方怎么看都叫人觉得平淡、乏味，丹尼尔所谓的"阴森之气"不知从何而来？

"波！波！波！"摩托车声由远而近，在门口聊天的管理员回头殷勤大喊："美国人来了！"团团尘土扬起，摩托车上一前一后坐着灰头土脸的道格与克里斯。道格身穿夏威夷花衬衫，脸架墨镜，肩背专业摄影记者的标志——黑皮 DOMKE 相机袋，不酷也难。克里斯则依旧是白衣、卡其裤、布帽、旧公文包，学佛的嘛！

摩托车一停好，道格就嚷着："抱歉来迟了，今天的大事表没拿到不能出门，万一漏掉什么重要新闻，跟总部可不好交代！我给你们带了一份柬埔寨皇后的行事历，也许你们有兴趣到她公开露面的地方去瞧瞧。"

"皇后对我们的吸引力不大。"我们笑道，谢了他的好意，一行人顺着黄土路向内院走去。

托斯连的主建筑是一落呈"n"字形的三层楼房，原本应是运动场的空地上排着几列水泥丘、竖着十来根水泥桩。克里斯神情肃穆地讲道："当年越南人攻进来时，这儿躺着许多已被处决但还来不及掩埋的尸体。越南人后来协助成立了这间博物馆，并将坟墓设在原处作为罪证。"

气氛霎时凝重起来，恐惧、不安之感霍然上身，紧紧地揪着胸口不放。随着两位年轻人，我们轻手轻脚地往坟场左边的一栋建筑走去。一排曾是教室的五六间房，当年被用来行刑、拷问。室内空荡荡的，只有一张生锈得厉害的铁床架摆在中央。架上搁着锈渍或血渍斑斑的铁条与弹药盒。光秃秃的墙壁上悬着一幅拷问时拍下的黑白照片，泛黄的影像上呈现着一模一样的铁床，不同的是架上瘫着已被至死、面孔模糊的人犯，架下有一摊血水。照片无声无息，却逼得人不由自主地把眼光移到自己脚下。受难者的鲜血仿佛才被清除，空间里似乎仍弥漫着光阴无法抹灭的血腥味。

第二间，第三间……每间都大同小异，差别只有墙上的影像：照片的拍摄角度不同，铁床上的形体有大有小，地上那摊血的面积不一……一个发现让我突然毛骨悚然——每间行刑室的地板都是用大块白色和土黄色瓷砖铺成的，花色与规格跟皇家艺术学校的练舞亭完全一样！

今晨，在一模一样的地板上，我触及了人类的至美，而此时此刻，却目击了人类的极恶。

地狱图

整排刑房的外墙上挂着一块大木板，上漆柬埔寨文和英文的“S-21监狱人犯安全守则”：

（1）务必根据问题答话，不得拒绝回答。

（2）不得编造借口隐藏事实，绝对禁止辩驳。

（3）不要自不量力，你只不过是个胆敢阻挠革命的家伙。

（4）被问到的问题应立刻回答，不得浪费时间思考。

（5）不必谈论个人道德或革命精神。

（6）接受鞭打或电击时，严禁哭叫。

（7）不许做任何事，好好坐着听候命令。

（8）没有命令就保持安静。要你做什么，立刻照做，不得反抗。

（9）不得编造有关柬埔寨共党之谎言，以掩饰你的顶撞与不忠。

（10）凡不遵守以上规定者，将受到电线抽打的惩罚。

（11）违反任何一条规定，将施以十下鞭打或五下电击。

没人开口，最多只是交换沉重的眼神。两个年轻人比了个手势，示意我们到另外一栋建筑去。一楼的几个房间被打通，布置为资料展览室，陈列一些书信和文献，墙上贴满了尺寸不等的受害者遗像。克里斯和道格就是被这满屋子的肖像所震撼，开始想为亡者做点什么的。

二楼所有空间都被草率砌成的清水砖墙隔成小间小间的单人囚室。空间小得连平躺都没办法，只能蹲坐。囚禁于此的人，待遇还不如被饲养的动物。

三楼看得出曾是一个大通铺，地板上散乱地堆放着人犯遗留的衣物用品。叠成小山的烂布堆里夹杂着一些破盆残瓦，腐朽的军帽、破旧不堪的布鞋，促狭似的这边冒出半个头、那边露出一只脚。克里斯叹一口气：“这些衣物本来多到满坑满谷，可是陆续被溜进来的穷人偷得差不多了。博物馆缺乏经费，无力防止，再这样下去，史迹迟早不保！”

剩下的一栋楼房，就是博物馆的办公室。在参观克里斯和道格为博物馆建立的档案保存室时，我发现，尽管所有底片、样片跟放大出来的照片都经过耐久处理与无酸保存，可是房内并无恒湿、恒温控制，影像档案的储存环境不够理想。道格无奈地表示：“我们能做的也只有这么多了，接下来的事最好能由政府单位出面处理。可是这个国家这

法新社驻金边记者道格·尼文（左）与克里斯·赖利于托斯连罪行博物馆囚犯群相前留影。（阮义忠摄于1994年）

么穷，博物馆不收门票，又得不到任何赞助，经费实在难筹……”

离开之前，克里斯特别请人拿来钥匙，让我们看看一间平常不对外开放的大会议室。“S-21”只有七位生还者，其中一位所作的大型壁画陈列于此，内容描绘狱卒折磨、杀害人犯甚至婴儿的种种情形，跟地狱图已没什么差别了。我只觉得胃里翻滚，直想夺门呕吐！

那天中午，丹尼尔好心地请我们到殖民风味极浓的“似曾相识”（Deja-Vu）餐厅享用法国菜，可我们根本就吃不下任何东西。难受的情绪延续了整个下午，直到傍晚开始正式采访道格和克里斯，专注工作时，纠结才得到舒解。

访小吴哥窟

任务完成，无事一身轻。丹尼尔建议，不妨搭机去柬埔寨最值得观光的吴哥窟（Angkor Wat）看看。吴哥窟为昔日高棉古都“吴哥”（Angkor）的一部分，被公认为人类文明八大奇迹之一。从图片、纪录片早看过这雄伟又神秘的古建筑群，自然非常向往。可细问之下，要好好欣赏，起码得花五天到一星期。由于接下去的行程都安排好了，无法抽出时间，只能作罢。

丹尼尔见我们一副遗憾的样子，想了想又说：“要不然，你们去离金边最近的小吴哥窟好了，在那里多少可以体会一下吴哥王朝的盛况。”

第二天，Little Man 充当向导，载我们出去玩了一天。出发前，丹尼尔特别交代：“不要在外面乱吃乱喝，现剖的椰子汁喝喝无妨，午餐最好就买些有出厂包装的饼干。还有就是，天黑之前要回来，因为晚上跟路透社的摄影记者聚餐。”

车子一出金边，马路两旁的稻田就多起来，可田里几乎没水，稻子渴得奄奄一息。Little Man 叽里呱啦说了几句，意思大概是："我们这儿已经好久没下雨了，农人叫苦连天，老天再不开恩，这一季的收成就全完了！"

越行越偏僻，黄土路越来越窄。车子有时行在拓宽的田埂上，有时穿梭于高耸的甘蔗林间，虽然太阳就在当空，也叫人不禁担心，会不会从哪儿突然跳出身怀武器的红色高棉游击队员？

拿枪的土匪没碰上，牵牛的农夫倒是遇到好几位。表情沉重的他们个个又黑又瘦，连身旁的黑色耕牛也是筋骨毕露。想起台湾拉车的黄牛、耕田的水牛，不是只只肥满，就是头头粗壮。同样是牛，生在台湾也比生在柬埔寨幸福！

车子在崎岖不平的路上不停地颠簸，搞得人头昏脑涨。没想到目的地这么远，都已经过了好几个村落了。几次问 Little Man 还有多远，他都回答"快了"。每经过村庄，总会在摊贩聚集的小市集上看到好些位卖法国面包的小贩。这种面包棒除了整条卖，也切成小块卖，一小截对剖的面包里薄薄地涂了一层红色的酱汁（搞不好又是辣椒）。农民与工人三三两两地或蹲或站，捧着面包嚼得津津有味。可以想见，法国人在殖民时期带来的食品，已成为相当普及的市井小民点心。

又通过一片丛林，车子突然被两条汉子拦下来。还以为发生了什么状况，原来却是小吴哥窟到了，他们是来收门票的！没门，没栅，更没收据，这个生意好做！

一下车，七八位妇人与小女孩便拥上来，缠着我们推销鲜花、香烛和纪念品。本想买些鲜花供奉神明，没想到价格十分离谱，虽然比起台湾的消费仍算小钱，可被当"凯子"敲的滋味实在不好。我们摇摇手表示不买了，随着 Little Man 往古迹行去，谁知刹那之间身后便响起一阵降价声，几乎是每踏两步就会听到一个新价，真是叫人哭笑不得！

金边郊外的“小吴哥窟”也是吴哥王朝留下的遗迹。（阮义忠摄于 1994 年）

望春风

小吴哥窟是一座由石块建成的庙宇，周围高墙也是由巨石堆砌而成，中央是几座石头堆成的尖塔。围墙内绿树成荫、花香扑鼻，雅致得让人一走进来就神清气爽、心平气和。首先注意到的是一株古树下的弄筝老人：面目清朗，清癯似神仙，盘腿坐在极干净的黄土地上，身旁那座小香炉，随着清脆奥妙的乐声散放着袅袅香烟，直达天庭……

冷不防，幽幽古乐忽然转为台湾民谣《望春风》，敢情此翁也知我们是一对“台胞”，特以乐声传情，表达欢迎。正襟危坐的他目不斜视，一派不食人间烟火的样子，不知是否清楚《望春风》的歌词：

> 独夜无伴守灯下，春风对面吹。
> 十七八岁未出嫁，想着少年家。
> 果然标致面肉白，谁家人子弟。
> 想要问伊惊歹势，心内弹琵琶。

我们朝最近的一座尖塔走去，外墙布满了佛菩萨的壁雕。经年累月风蚀，雕像细部多不能辨识，仅剩模糊轮廓。塔内隔成几个小石室，每间供奉着一尊石雕大佛像，由一位身裹短衫长裙、头发剃到贴头皮的老妇负责看管。

佛像叫人一见就触目惊心，因为每尊的头部都被砍掉了。香火鼎盛，佛像周围摆满了信徒供奉的鲜花和水果，只是雕像无头，读不到神明的表情。Little Man 说，佛头被卖到泰国去了，至于是何时被砍，是外国人还是本地人干的，就听不懂了。不过，最后那句话我们还是明白的：

"吴哥窟的神像头都是好好的，下次你们来再租我的车，我带你们去！"他比画着向我们表示，小吴哥窟不过是柬埔寨排名第二十几位的古迹，意思是：实在没看头啦！

把整个院落绕一圈，在树下消磨一会儿，喝了现剖椰子水。正要离去，一辆游览车迎面开来，吐出几十位喧闹的亚洲人。几天下来，在金边几乎没见过任何游客的影子，是哪儿的人胆子这么大，敢在这个敏感时期组团造访柬埔寨？睁大眼观察，还没走近，此起彼落的闽南话已告诉我们——又是咱们不怕死的同胞！也难怪，台湾报纸对红色高棉军刚处决三位外国观光客的事只字未提。

刚才包围我们的那群小贩一哄而上，内院那厢的"望春风"奏得更响亮了！

台湾同胞买得兴起，其中一位男士还掏出柬钞一路打赏。他的同伴凑趣说："上次我去大陆也是到处散钱，真爽啊，换算成台币也值不了多少钱嘛！"听了羞愧难当，只有落荒而逃……

回程似乎比来时更远，天气也更闷热。已经看过一遍的景色有如老片重播，越看越累！尽管车子依旧颠簸，也妨碍不了我们东倒西歪、频频打瞌睡，百般挣扎才不至于沉沉睡去。

回到旅馆，我们倒头就睡，直到傍晚丹尼尔敲门才醒。

在异国寻根的记者

聚餐之处是个小酒馆，名为"猫"，招牌是"CAT"三个字母的花体，凑成一只伸懒腰的黑猫，这是住在金边的外国人最喜欢去的场所之一。入口紧阖，一旁站着荷枪实弹的警卫。大门漆色与镶边装饰很有美国五六十年代的味道。

入内灯光昏黄、烟雾弥漫，布置上大量运用原木和绳索，最醒目的就是两张桌球台。最里面的一个角里，道格与两位朋友已占据了一张大桌子，克里斯则是有事没来。两位新朋友是路透社驻金边记者——美国籍的理查·佛格跟他的菲律宾籍女友。丹尼尔跟他们很熟，一见面就叽里呱啦地交换工作状况及东南亚地区的最新消息。

一位身着越南仕女服的女侍拿来几本菜单，供应的食物不外乎美式汉堡、牛排、薯条、玉米、炸鸡、比萨等。

“你们喜欢吃什么？”不好意思说菜单上所有的食物我都没兴趣，所以表示没意见。

最后，大家一致决定，来三张特大号比萨、半打啤酒。

服务员才转身离开，理查就咕哝：“这位新来的真不懂事，居然敢穿越南装，要是在乡下，肯定会被红色高棉游击队抹脖子。越南人帮着把波尔布特推翻、逼到边界，被红色高棉军视为大仇人。就是在金边，最好也少穿这种衣服……”

比萨和啤酒入肚，话题转到最近三位西方人被处决的事件上，我们也顺便了解了这事的来龙去脉。干记者的他们认为，这些观光客错在不应搭乘危险性高的火车，而且前往的是红色高棉军惯常出没的外省。游击队本来是想挟持人质，制造机会与政府谈判，交换被拘禁的同志。柬埔寨当局跟西方大使馆误判游击队不会当真动人质，想拖一拖，却没想到红色高棉分子无此耐性，三位年轻人也就成了牺牲品。

有关最近缺雨、各省的旱害状况、哪区农民预定何时去内政部门负责人官邸抗议等，除了官方统一发表的新闻，每个人显然都有自己的消息渠道。看得出这些外籍记者之间有一种同僚默契。尽管分属的媒体竞争激烈，在海外的他们却相当照应彼此。借着聚会通消息、换情报，内容除了世界大事，还包括其他同人的小事——某人正在伺候从总部来视察的上司；某人的老婆受不了形同分居的日子，要跟他离婚；某人的工作合约期满，公司没跟他续约……白天在第一现场冲锋陷阵的紧张与焦虑，通过一杯接一杯的啤酒浇灌，暂时得到了化解。

旁观的我们，可以感觉到这群人有自我放逐的共通性。比如说，理查有20多年没在美国居住，道格大学一毕业就忙着往国外钻，丹尼尔则是到东南亚才能创作……他们似乎没法在自己生长的土地上找到认同，反而把异国当成故乡般地追寻着另一个根。长年在外奔波的他们，又多半不能拥有长期的婚姻关系或终身伴侣。伴侣需要他们的时候，他们总是不在，而终于回家之后，他们仿佛变了个人。无以言状的经历使他们改变。

记者们接着又认真地讨论一场全国性祈雨大会的细节。这也是丹尼尔此行的目的之一：近年来他奔走东南亚，为的就是进行一个米食文化的摄影专题报道。靠天吃饭的农民为大旱祈雨，是个不能错过的场景，更何况是全国性的事件。可惜的是，届时我们必须去别的国家，无法目睹其盛况。

酒兴一来就不想停，离开“猫”之后，这帮人还想喝第二摊。都快12点了，在形同宵禁的金边夜晚，我们随着几位老金边在冷清的街道上晃啊晃，居然到处客满，其中两三家小酒馆的桌椅已摆到了门外。简陋的露天座上，三五成群地聚着消磨夜晚的洋人，其中有好几位一看就知道是记者。

我是一喝过酒就想睡觉的人，经过白天的颠簸，早已哈欠连天。幸好旅馆就在眼前，跟大伙在门口道过晚安后，我们便回房就寝。兴致不减的他们，还不知会耗到什么时候。

兽性与神性

应我们的要求，在金边的最后一天，丹尼尔又陪我们去了一次皇家艺术学校。这回只看跳舞不拍照，特别能随舞者进入那令人忘忧的世界。这趟来金边，就是只看跳舞也值了！

离开学校后，丹尼尔带我们来到湄公河畔的小公园。这条河正对着皇宫，从老挝一直流下来，由北到南地贯穿柬埔寨，再流经越南的国境出海。

河边永远是人们最爱亲近之处，这里看起来正是金边市民的休闲场所。那天刚好是假日，整个地区显得生气蓬勃，好不热闹！小贩们或是提着草篮，或是顶着竹簸，四处兜售一片片凤梨、小米糕，一袋袋螺蛳、蜜饯，或是一粒粒小小的白水煮鸡蛋。

腼腆的情侣们轻声细语、低头傻笑，开怀的父母们看着孩子跑来跑去，无忧无虑的少男少女边笑闹边吃零食，特别时髦的还会拎着手提录放音机晃来晃去。无论老少，人人看起来都十分纯朴，有的还会害羞地对我们微笑。在凉亭歇息时，几位跟小贩买糕饼的少女，竟然慷慨地多买了一份递来。住在大都市的我们，已不记得有多久不曾体验到陌生人的温情了，心头涌上的那份感动，真是难以形容。

心念一转，"托斯连"的惨状又硬生生地闯进脑海。谁能想象，这么善良纯朴的环境，竟会孵育出如此凶残之人？我不由得想起，在采访时道格谈及的观感：

我在这里住了很久，根据亲身体验以及对柬埔寨人民、文化的了解，我认为他们的快乐是属于表层的，内心其实隐藏着某些东西，让他们极端不快乐。在历史上，柬埔寨始终是邻国吞食的对象，民族自尊长期受损，再加上内部争斗不断，民不聊生。当这些因素加在一起，又刚好有这么一小撮人愿意为领袖卖命，在掌握权力后，他们就会顺着领袖的意志，借机铲灭与他们为敌，或仅仅是理念不同的人。暴力就是这样产生的。

从另一个角度来说，人类同时具备了兽性与神性。在某种处境下，一个人的某一面受到激发，让他因而有所行动，这实际的作为便决定了他是圣人或恶魔。换句话说，在金边的S-21监狱所发生的一切罪行，并不是不可能于另一个时空发生在其他国家的其他人身上。

无论如何，在这风和日丽的下午，看着饱受忧患的柬埔寨老百姓能在湄公河的潺潺流水旁，轻松愉悦地度过一段好时光，真是令人高兴!

活着就有希望

丹尼尔虽然有意在最后一天带我们多去几处玩玩，可离开河边后，却不得不表示：“说实在的，整个金边能走走的地方，就只有这么多了，接下来就随便逛好了！”

在前几天没有经过的路段，我们看到一个空旷的广场、一座蛮特别的米黄色西式建筑。想不到一问之下，竟是火车站。从没见过人烟如此稀少的火车站！原来，当局已暂时关闭从此开出的一条火车线，原因是红色高棉游击队经常在偏郊劫车掳人，如今，火车已成为极不安全的交通工具。

那么，必须旅行的老百姓怎么办呢？丹尼尔指指广场对面人群聚集的街头，然后回答：“由于公共巴士也不多，所以大多数人只好搭野

S-21 监狱的七位生还者之一，53 岁的 Im Chhan。（丹尼尔 · 施瓦茨摄于 1995 年）

鸡车。那些老旧的出租车会把客人塞到不能塞为止，连同爬在车顶、站在车外的人加起来，通常一辆车可以载到近20个大人小孩！车速奇慢，还常常抛锚，但老百姓也没别的选择！”

这一天，我们坐的又是Little Man的车。在经过一座围墙很高的监狱时，丹尼尔突然想起了一件好玩的事，忍俊不禁地告诉我们，有一次他必须在附近拍照，吩咐Little Man载他来这个监狱。Little Man起先说什么都不肯来，最后终于顺从地来了之后，车才停好，便跑去躲在远远的电线杆后面，害怕得全身发抖！

在丹尼尔看来，那的确是件滑稽的事，何况Little Man本来就是个既古怪又有趣的小家伙！但是，在台湾也曾历经戒严时期、听闻过白色恐怖的我们，却完全可以了解监狱对柬埔寨人而言意味着什么。

老一辈人常说，饱汉不知饿汉饥。瑞士人自由、富裕，国度安定繁荣了几百年，对社稷动荡不安的体会，到底是隔了一层。

回到台北之后，我们有好几个月的时间都在和丹尼尔、道格、克里斯以及撰文的大卫、陈德乐博士通信讨论作专集的事。一有空我就一遍一遍地看着这些肖像，思考如何把这一期编到最好。老是瞪着一张张绝望的面孔，心情难以开朗，直到快截稿时都觉得心里空空的，好像整本专集少了些什么。

有天早晨看到丹尼尔的传真。原来，一个月前他又跑到金边待了一个星期，并且做了一件令我感激万分的事——他在金边找到了“S-21”七位生还者中的一位，并且为他拍了张相片！接到用快递寄来的这张照片时，我高兴极了，很快把那一期的草样略作调整，将生还者的肖像放在整本专集的结尾。几个月来的编辑工作终于结束了。

尽管生还者的脸孔满布沧桑，但是，活着就有希望。

立陶宛第二大城考纳斯最豪华的“立陶宛”旅馆，陈设简朴如公务员出差的宿舍。（阮义忠摄于1995年）

立陶宛奇遇记

得来费功夫的签证

立陶宛，一个有点熟悉，又有点抽象的名词。在华沙机场搭乘波兰航空前往她的首都维尔纽斯（Vilnius）时，我们还不晓得到底能不能进入这个遥远而神秘的国土。

这趟旅行主要是为了去考纳斯（Kaunas）参加我在立陶宛六个城市摄影巡回展的开幕典礼。在日子敲定之前，我跟安排展览的亚历山德拉斯·马奇加斯卡（Aleksandras Macijauskas）已陆续通了两年多的信。但因为彼此工作都忙，到立陶宛的传真电报又很难发通，因此任何细节都要等双方空下来时靠书信沟通，往返相当费时。

决定成行后，旅行社警告我们，办立陶宛签证不是件容易的事。我们一方面请旅行社好歹先试试看，一方面写信请马奇加斯卡探询落地签证的可能性。马奇加斯卡的回信久等不到，来自旅行社的消息却显示，他们想尽法子也没能替我们搞到签证。

立陶宛在东南亚几乎没设大使馆，北京本来有一个，但最近也撤馆了。“没辙了，不然你们到巴黎时，去找立陶宛大使馆碰碰运气。此外，机票也要做好准备，万一进不去，就立即转机回台湾。”旅行社这么建议。

老友刘俐正好在巴黎度假，帮我们打听后传真告知，如资料齐全，工作天至少要一个星期。照计划我们只能在巴黎停留三天，因此这条路也行不通。

马奇加斯卡可也没闲着。他铆足了劲让我们在出发前一天收到“立陶宛摄影协会”的正式展览邀请函，以及一封立陶宛文的传真电报。传真上印有我们的英文姓名和护照资料，想必是他替我们搞到的签证。可是，海关会不会承认传真文件呢？一切但凭老天爷的意思了！

小巧亲切的海关

从巴黎前往华沙转机，波兰航空的小飞机载运量是72人，可是，连机长、空服人员都算上还不到15位。我和内人打趣：“莫非这又是个外国人不爱去的古怪地方？”

飞机降落在维尔纽斯，整个停机坪空荡荡的，冷清的情况跟金边、河内等经济不发达的地方差不多。然而，小巧的空航大楼却是造型现代而有趣，很像放大的积木房屋。

一踏进入境室，就觉得气氛跟所造访过的其他国家都不一样。通关处只有一个走道、一个闸口，前方没几步之处，紧临着一座小小的，也是唯一的行李转台。整个环境一目了然，没有森严、闭锁的那一套。警卫和境管人员个个优雅又优哉，非但不令人望而生畏，反而油然感到亲切。制服还是一种粉粉的草绿，没有一般军服的严肃、僵硬，有点像流行时装。

还真不像国门重地，寥寥几位通关旅客，看起来就像在排队买一场不卖座的电影票。我们想紧张也紧张不起来，只觉得这个国家特别友善，入境一定没问题！

递上护照和传真影印本时，年轻的女官员先是一愣，然后微笑着叫我们等一等，腼腆的模样，仿佛不合规矩的是她而不是我们。她拿着资料离开柜台，空手回来，示意我们在旁边坐一会儿。

所有过程都令人轻松自在，在等待期间，我们还在安全人员的指点下，暂时入境领了行李，在迎宾大厅上了厕所、换了钱，再暂时出境，回到通关处坐好，继续等待签证批准。这种仿佛在邻居客厅、前后院悠然出入的感觉，让我们在讶异、好玩之余，也不禁对立陶宛产生了极大的好感。

维尔纽斯就在你口袋

来迎接的是两位女士，一位是立陶宛摄影协会的秘书梅丽塔，一位是英文翻译裘姬达。两个人都长得很好看，打扮简单，却显得朴实高雅。两人笑盈盈地递上一大束鲜花并说：“我们以为要接的是对六十几岁的老夫妻，没想到你们这么年轻！”

在前往市区的小旅行车上，女士们简单地说明了所安排的节目后，话题就开始绕着东方与台湾转起来。显然立陶宛很少有亚洲人造访，梅丽塔和裘姬达对台湾很陌生，对华人更是好奇，说前一天晚上才仔细查过地图，现在终于知道台湾在哪里了！说真的，我们也是在起程之前，才从地图上搞清楚“波罗的海三小国”拉脱维亚、爱沙尼亚以及立陶宛究竟是在地球上的哪个角落。

立陶宛真的是“小”国，首都中心最主要的杰地尼莫（Gedinimo）大道，看起来就像是法国小镇不起眼的小街。马路两旁，两列等高的三楼洋房造型简单、颜色淡雅，矮小的行道树整齐划一。已经傍晚六七点了，天色还是很亮，街上车子没几辆，行人也很少，整个环境干净清爽得不像现实世界，倒像刻意搭出来的电影布景。

下榻旅馆就在这条大道上，英文流利的裘姬达指指另一头高耸的

对外开放不久的立陶宛鲜有外国人造访，维尔纽斯机场空空荡荡。(阮义忠摄于 1995 年)

建筑，说："教堂后面就是老城区，用过晚餐，若是不累可去逛逛。"梳洗完毕，还有半个钟头空档，趁两位女士来接我们吃饭前，正好可翻看旅馆卖的旅游书——薄薄的《维尔纽斯就在你口袋》。

虽然《摄影家》杂志做过《立陶宛摄影专号》(No.21, 1995 年 8 月号)，可是关于这个国家的种种，我们还是知道得太少！立陶宛对世界开放门户的时间还不长，这本小书抓住了观光客想了解立陶宛的心理，在史实与国情的简述方面特别下功夫。

由记载看来，立陶宛几世纪以来的国运相当坎坷。在异族列强的欺压下，一介小国的人民以血泪砌成奋斗史，读来令人凄然。

立陶宛简史

立陶宛的兴起与强盛，起于对抗"十字军"日耳曼武士的宗教狂热。她是欧洲所谓的"异教徒"国家中，最后被转化为天主教的。

11 世纪，立陶宛首度在史书中被提及，属远古印欧系的一支。

12 世纪，立陶宛的第一位国王明道加斯（Mindaugas）联合所有部落首领击溃立窝尼亚（Livonia，现在的拉脱维亚南部及爱沙尼亚北部）后，巩固了立陶宛的国土，使之成为一个强盛的"大公国"。

14 世纪，杰地尼莫大公国建立了维尔纽斯，大公裘葛拉为了抵御东方的条顿人，积极与西方的莫斯科、波兰结盟，娶波兰公主，改信天主教。在鼎盛时期，王朝同时统御波兰及立陶宛两国的领土。

15 世纪，波兰－立陶宛联邦击败条顿人，立陶宛领土从波罗的海进而延伸至黑海。

16 世纪，文艺复兴的思潮带来许多影响，较显著的是书籍的印行以及维尔纽斯大学的创设。波兰和立陶宛合并为一个共和国，由选举产生独裁者治理。波兰语在稍后成为官方语言。

17 世纪，与俄国和瑞典两国的战争使共和国资源衰竭，再加上内部纷争不断，领土终于被俄国、奥地利与普鲁士瓜分。俄国进而吞灭立陶宛。

19 世纪，严密监控与俄国沙皇日益加剧的高压法条促使爱国主义燃烧，导致全国人民觉醒。知识分子以重生立陶宛文为理想，号召民众响应。绰号“刽子手”的莫斯科伯爵前往维尔纽斯重整秩序，迫使数以千计的立陶宛人移民北美洲。变本加厉的压迫，反而使立陶宛民族的文化与传统复兴，有史以来的第一份立陶宛文报纸创立。

挣脱锁链迎向自由

进入 20 世纪后，立陶宛人的命运不但未见好转，还倍受蹂躏。第一次世界大战使立陶宛自治受到鼓舞，在德国人的监控下，国会于 1918 年宣告“立陶宛民国”成立，但旋即于 1920 年德意志帝国与波兰、苏联共产党启战后瓦解。波兰迅速占领维尔纽斯，立陶宛迁都考纳斯。1939 年，希特勒与斯大林为划分东欧势力范围而签订《苏德互不侵犯条约》，立陶宛被苏维埃和纳粹轮番占领。1941 年到 1944 年，纳粹在立陶宛辅助队的帮助下，消灭了超过 20 万犹太人。

1944 年，红军重返立陶宛将其并入苏联共和国。25 万立陶宛人被遣送至古拉格群岛。立陶宛地下军从事游击战直到 1953 年。

让人佩服的是，尽管历经 40 年的“苏维埃化”，立陶宛人从未丧失国家认同，而他们也终于挨到了拨云见日时。在近代所发生的事件当中，最为人民所津津乐道的包括：

1988 年，500 位知识界代表发起“立陶宛革新运动”，主张“开放、民主、主权”。25万人聚集首都，以突显令立陶宛并入苏联的秘密公约已签订49年的事实。第二次世界大战前夕，立陶宛独立，黄、绿、红的三色国旗于杰地尼莫城堡升起——黄色代表土地，绿色代表田野，红色代表为立陶宛流过的鲜血。

1989年，约200万立陶宛、拉脱维亚与爱沙尼亚人手牵手连成650公里长的人链，抗议《苏德互不侵犯条约》签订50周年。立陶宛共产党宣布脱离苏联共党。

1990年，30万群众在维尔纽斯向戈尔巴乔夫示威，拥护独立的政党候选人在50年来的首度选举中获压倒性胜利。最高议会宣告立陶宛恢复独立。莫斯科对立陶宛实施经济封锁，苏维埃军队猛烈攻击并占领电视台及其他重要据点。

1991年，莫斯科未尽其功，苏维埃军队撤离占领据点：列宁雕像从Lukiskiu广场中被移走。立陶宛的独立被世界各国陆续承认。

1993年8月31日，最后一支苏维埃军队撤离。几世纪以来笼罩在异族统治阴影下的立陶宛总算完全挣脱了锁链，迎向自由！

看完这段文字，心里觉得踏实了许多，能够略知这个国家的历史背景，才有助于了解当地友人，以及他们所做的事。

饮食清淡人瑞多

两位女士请我们在附近菜馆用餐。从没吃过立陶宛菜，我们兴致勃勃地坐下，准备好好来个味觉探险。结论是：立陶宛人饮食简单、清淡，量也很少，怪不得一个胖子也看不到！

菜馆摆设有点公共食堂的味道，客人不多，每张桌子中央放着一盘切成小片的黑面包。座位前除了刀叉、餐巾，还有一个装好食物的碟子，上面摊着三四片冷肉和腌菜。吃完前菜才是点主菜的时候，大家捧着老老实实、毫不花哨的菜单，分别要了鸡卷和鱼。对中国人来说，主菜的分量依然含蓄，可听到二位女士直呼“吃得好饱啊”，也只有缩起小腹、入乡随俗。

后来发现，碰见的立陶宛人吃得都很少，在吃方面花功夫的兴趣也不大。从前物资匮乏，让国民养成了节俭的习惯，许多人一天只吃早餐和一顿主餐，其他时间饿了就吃点面包、饼干。老百姓几乎都在家里用餐，因为上馆子是件非常奢侈的事，每人每月的平均工资只够两人在高级餐厅享用一顿。

吃得少又清淡，让立陶宛人普遍长寿。全国人口才 300 多万，超过 100 岁的就有 500 多位，有几位人瑞甚至已经 140 多岁了!

饭后已经快 10 点了，天色却还没暗透。梅、裘提议带我们四处逛逛，我们婉谢，请她俩早点回家休息，自个儿在暮色中信步朝老城方向走去。

路的那一头是大教堂广场（Arkikatedra Bazilika），古代异教徒为祭祀雷神而立下广场基础，如今中央立着一座巴洛克式的教堂与灯塔模样的钟楼。此教堂为明多加斯大王于 12 世纪所建，现已成为立陶宛的地标。粉刷成白色的教堂外墙与壁上的石雕有些粗糙，建筑内部也是空荡荡的，不像我们惯见的布满石像或木雕的教堂，这儿仅有数十幅油画挂在墙壁与柱子上，算是勉强填补了一些空虚。比起欧洲各国，这样的大教堂算是简陋而寒酸的了。

后来才知道，这座教堂在苏联时期被破坏得惨不忍睹。当地友人表示，当时一切宗教信仰均被禁止，好好一座圣殿古迹竟被拆得一干二净，把内部空间当汽车修理厂用。直到俄共撤离，人们才把大教堂重新整修，装点门面的那些宗教绘画，还是向美术馆商借来的!

站在广场四下打量，正要判断老城区的方位时，就见许多青年男女成群结队地从四面八方拥来，朝一条石板路走去。有热闹可看了，这么盛大的聚会当然不能错过。我们一路跟着人群走，只见古意盎然的房舍愈来愈多——这不正是老城区吗？

流行文化无孔不入

音乐从前方传来，我们到了立陶宛美术馆前。广场中央搭了座临时舞台，上千少男少女挤在一块儿，随着震天价响的热门音乐起舞。从许多方面来说，立陶宛仍是当今世界上相当封闭的国度，然而此时此刻，流行音乐已无孔不入地侵入了新一代立陶宛子民的心智。

他们面容纯真，显示出尚未遭到物质文化的污染，然而举手投足之间，姿态与纽约、东京、台北的任何青少年一模一样！美国的饶舌音乐充斥在世界的每一个角落，不同背景、肤色的人模仿着同一个 MTV 里的偶像。这些重摇滚被全世界青少年视为至宝，让他们借着嘶吼喊叫来宣泄情绪。不同地域、文化、种族的人士，也因此拥有同样的品位。

内人与我是现场“唯二”的亚洲人，尽管好奇的眼光不断从四面八方投射过来，我们还是一头钻进热力四射的人堆里，好好观察这里的人们。

立陶宛女孩实在是漂亮，男孩也十分俊美。和我们去过的许多国家相比，此地俊男美女比例之高，令人印象深刻！即使是中老年人，也大部分看起来亲切、舒服。总的说来，立陶宛人是美的，美在五官均衡，美在心地单纯、气质优雅。

音乐越来越吵，年轻人的情绪越来越高昂，舞姿也越飙越狂野了！周边停了几辆警车，警察稀疏地部署在几个角落，以防场面失控。在众人皆醉之处，我们的独醒反而显得不正常，只有打道回旅馆。

尽管社会仍十分封闭，热门音乐已无孔不入地统领了立陶宛的年轻一代。（阮义忠摄于1995年）

隔天打听，才知道这是立陶宛首度举办的大型露天舞会。我们瞎猫碰死老鼠，赶上了“立陶宛奥林匹克大会”。全球立陶宛侨胞回祖国来参加一系列的运动比赛与庆祝活动，这个露天舞会与另一项正在进行的“全球立陶宛小姐”选美都是其中的节目。

独立后的立陶宛，不遗余力地凝聚海内外同胞的向心力。他们虽然需要调适的方面还很多，但人人对前途充满了希望。这种精神反映在国民身上，使我们看到的老百姓，几乎个个都流露着单纯向上、乐观奋斗的好质量。

以我们的坏经验来看，当一个国家的市场经济发展到某种程度时，绝大多数的人就会开始拼命追求物质享受，导致精神生活枯竭、人际关系疏离，人性的珍贵质量开始流失。到那时，可爱的立陶宛人是否有能力抵挡这种宿命？

立陶宛摄影协会

第二天早上10点，裘姬达接我们去立陶宛摄影协会与大家见面。这里的摄影协会影响力非常大，全国摄影家无论功力强弱，几乎都是协会成员。几位被公认为当今最好的立陶宛摄影家，都是该协会的重要干部或各地分会负责人。这种优秀艺术家也是好行政人员的例子，在全世界并不多见。

车子抵达位于老城区维尔纽斯大学后方的一栋老楼房时，四方形的院落里，已有七八位先生、女士在等着我们了。其中有两张熟悉面孔，我看过照片，是《摄影家》杂志《立陶宛专号》所介绍的其中两位摄影家：史特西·兹维格兹达（Stasys Zvirgzdas）及罗穆亚尔达斯·波哲斯基（Romualdas Pozerskis）。

前者是现任会长，后者则是专程开车来带我们去考纳斯的。兹维格兹达以高超的暗房技术将古文明与末世纪影像组合在一个画面中，充满了对人类命运的悲悯感慨。如今看到他时表情凝重，颇能体会他的忧时忧国。“在《摄影家》刊登的作品，是我在俄共统治时期完成的。”听他这么说，让我更明白了那些照片令人郁闷的原因。波哲斯基与他刚好相反，总是神采奕奕、乐观开朗。他在《摄影家》所发表的“最后的家”系列，充满了对养老院同胞的关怀。

才跟大伙儿一一握完手，寒暄几句，我们就被带到会长办公室，因为《维尔纽斯日报》的记者已经等候多时了。年纪五十多岁、微胖、满头银发的记者显然来头不小，大剌剌地坐在兹维格兹达的办公桌上，面前摊着纸、笔，手里握着迷你录音机。我们才坐下，他就把录音键一按，单刀直入：“你们是什么人？为什么来这里？”

接下来的问题让我明白，我们的来访是件相当稀罕的事。这里亚洲人很少来，中国人来开摄影展更是头一遭。也因为如此，他的问题除了在摄影及文化交流方面打转外，也很想借由我们的口中了解台湾与中国大陆之间的关系。

谈着谈着，他突然冒出一句：“你们有办法像这样经常在世界各地旅行，一定很富有吧？”

“在台湾我们一点都算不上是有钱人，能这样旅行的人太多了！”

采访结束后，兹维格兹达拿了许多的会员作品给我们看，并赠送了一些纪念品。中午时分，大家在会议室边围着大桌子闲聊，边享用梅丽塔准备的茶水、点心。

“真羡慕你们有这么好的聚会地点！”我由衷地表示。一人接腔，众人立即大笑！听过翻译，我们也不由得笑了。无巧不成书，立陶宛摄影协会的总会与考纳斯分会，地点在很早以前都是妓女户隔壁。

波哲斯基夫妇和袁瑶瑶（中）在立陶宛摄影协会办公大楼前合影。（阮义忠摄于 1995 年）

下午由波哲斯基、维吉妮亚夫妻招待我们。从我们下飞机开始，这些热情的朋友就把每天的节目都安排好了。由于协会成员平常各有职业，所有行政工作、访客接待均由大家义务分摊，他们彼此非常团结，感情很好。接下来的几天，我们就这样被全天候地照顾着，深感当地人的好客，实在是跟我们中国人很像！

在国家独立之前，立陶宛摄影协会的组织非常大，当地教会将整栋大楼免费借给他们当行政中心。纵使教会现已将大半产业出租给外国企业办公，协会依然颇具规模，除了办公室、教室，尚有一个小小图书馆、一间迷你器材供应中心。在几分钟的路程外，还有一栋由独栋古楼改成的摄影艺廊。我的摄影展巡回也将会在此举行。

离开协会后，波哲斯基夫妻带我们去老街溜达。整座老城保存得相当完整，被联合国教科文组织（UNESCO）于1994年列为人类文明遗产。

老城区有很多教堂，一些重要的古建筑被改成美术馆或博物馆，比较著名的除了大教堂广场，还有建于13世纪的维尔纽斯城堡博物馆、16世纪所建的要塞“黎明之门”以及在苏联时期，曾经囚禁、审问过成千上万国民的“KGB博物馆”。在此博物馆担任导游与讲解员的，多为当年的人犯。

冥想殿堂

时间不够，每处名胜只能匆匆一瞥，倒是午后的一场大雨，让我们留在维尔纽斯大学的时间较长。这所创立于1579年的学府，外貌精致典雅，建筑年代在巴洛克风兴起之前，因此细部装饰并未过度烦琐，整体呈现出肃穆质朴之美。暑假期间未见教授、学子，但一踏进校园，

维尔纽斯大学创立于 16 世纪，造型古朴典雅，充满书香之气。（阮义忠摄于 1995 年）

便能感受到一股浓厚的书卷气。

“学校放假，可是所属书店仍然营业，这是你们绝对不能错过的地方！”波哲斯基大力推荐，我们也就欣然前往。店面位于四方院的一隅，外表平常，可一推门进去，就会立刻被震住！屋顶低矮，天花板呈弧形，于各方位联结着一个个拱形门，划分出不同的书籍陈列区。空间并不大，可是所有天花板、拱门、柱子上都铺满了缤纷夺目的精细壁画。起先还以为这是古时候的藏宝窖，细细观察，才发觉壁画都是近代所作，因为在众多圣经或神话人物当中，穿插着现代西服打扮的绅士肖像。

“他们是维尔纽斯大学创校以来最具声望、最有贡献的教授，而壁画全是出自该校学生之手。”波哲斯基这么一说，我们恍然大悟。学府尊师重道、缅怀师恩之风，已在这家书店表露无遗，令人观之动容！

书店只提供人文、艺术、社会及政经类读本，无论是平放或立摆的书，在宗教壁画的笼罩之下，均显得格外神圣，提醒着读者，每一本书都是智慧的结晶，涵藏着无数真理与启示。

到任何国家，只要时间许可，我都会逛逛当地知名的老书店。到目前为止，这所大学的书店的确是让我感触最深的。它虽是书店，但更像是冥思的殿堂，重新唤起人们肩负道德伦常、知识传承的责任感。

传奇人物苏卡斯

雨停了，该去考纳斯了。波哲斯基说，上路之前，要先去拜访摄影协会的创办人、前任会长安塔纳斯·苏卡斯（Antanas Sutkus）。“他是受所有人尊敬的大家长，一手凝聚、组织了全国的摄影人士。在担任会长的二十几年里，他不知营救过多少摄影家的性命财产。此外，他还是一位极优秀的摄影家。”

“这么重要的摄影家，当初你们为何没建议将他包括在《立陶宛专号》内？”

“有啊！”波哲斯基无奈地表示，“马奇加斯卡跟他起码催过十次稿，他每次都说好，可是始终没交。近几年来，也不知道为什么他的情绪这样低落，经常喝得酩酊大醉！也是因为这样，才不得不辞去会长职务。”

这席话让我对苏卡斯的好奇心大增，一路上都在猜测他是个怎样的人。车子驶往郊外，在一处老旧住宅区内停下。波哲斯基招呼我们下车：“这是他的工作室，家在城里。”

那是一所五层公寓的顶楼，楼梯一路都是灰扑扑的，看来不常打理。门一开，只见屋里堆满了照片档案盒，层层相叠，毫无空隙，让人喘不过气来。剩下的空间极其狭窄，只够摆张小茶几与几张椅子。56 岁的苏卡斯坐在靠窗的沙发上，戴着墨镜，咬着烟斗，大口大口地喷出团团浓烟。逆光下的前会长，与我们所见过的他的同胞都不一样，粗犷、霸气，不像摄影家，倒似革命领袖。

“啊——好怀念的烟味！”波哲斯基深深吸了一口气，“以前在协会办公室，闻到这个味道，就晓得会长到了！”

苏卡斯站起来跟我握手。我为《立陶宛专号》未能将他的作品纳入表示遗憾，他却很干脆地回答：“那是我的错！”

喝过茶，我急着想看他的作品，年轻的苏卡斯夫人也就欣然捧出一大摞、百来张的 20cm × 24cm 大照片。空间太小，我只好蹲下来，在脚跟前一一翻看这些照片。

对命运的质疑与控诉

“哇！”我不由自主地喊出来。苏卡斯的作品实在是太好、太有力了！事实上，有好几张影像都曾在一些重要摄影刊物上看过。他所拍的那幅光头学生肖像，经常被用作出版品的封面：脖子结着领巾，眼神空洞，表情极不快乐，深刻反映了按快门时的苏联儿童的处境。我从不知这幅作品的创作者不是俄国人，而是立陶宛人，而这位摄影家此刻就坐在我面前！

苏卡斯的作品数量之多、质量之精，真是令人叹为观止！作品多半是120相机所摄的正方形构图，主题最多的是小孩，但他表现的并非是童稚、纯真，而是借由儿童影射极权制度下被扭曲的平民生活。照片中的人物，无论男女老幼，眼神都像一把刀，深深划进观者的心窝里。那是对命运的质疑与控诉，让人看了不寒而栗！

毫无疑问，苏卡斯是当今世上的重量级大师！然而，他虽然在共产主义国家赫赫有名，但在资本主义世界的名气却远不及一些西方大国的二三流摄影师，就连我费心完成的《立陶宛专号》也把他给漏掉了！看完这组作品，我觉得对他极为抱歉，也自认这本专号没有成功。为了弥补这个缺憾，我提议在《摄影家》杂志的未来一期中隆重介绍苏卡斯的作品，而他也很慷慨地表示："要什么照片随你挑！"

之后，我们做了一个非常辛苦的访问录音。内人将我的提问翻译成英文，苏卡斯夫人再将英文翻译成立陶宛文。苏卡斯回答时，顺序再反过来。从彼此对话可知，我俩对摄影的信念非常接近，在性情方面也有相通之处。他摘掉了墨镜，不再遮掩的眼神，明白显示他是条血性汉子。

"苏联时期，立陶宛的物质极度匮乏。可是，无论生活多么艰苦，在你镜头下的同胞都让人感到一股坚韧的生命力，带着一种高贵气质与不可侵犯的尊严。现在国家自由了，人民生活也改变了，你从前最擅长捕捉的立陶宛灵魂，现在依旧存在吗？"

安塔纳斯·苏卡斯是立陶宛摄影界的大家长，也是一位极具原创性的摄影大师。
（阮义忠摄于 1995 年）

他心急地等到冗长、辗转的翻译完成后，脸色整个凝重起来，说："没有了！立陶宛的精神和灵魂只留在照片里。一切都变了，什么都不一样了……"

"那，今后你要拍什么呢？"

"只想拍空房子，再也不拍人了！"

这句话由他嘴里说出来，让人格外心痛！因为他所有的作品，几乎都是以肖像手法来表现立陶宛人的处境。这几年的变迁，显然使他对人生的看法有了很大的改变，让他在某种程度上失去了对人性的信心！

感慨万千地离开苏卡斯的工作室，手上提着他托付给我的五十张原作以及他最近出版的十册展览目录。我小心携带着这些立陶宛的灵魂，决定尽快将它们好好呈现在《摄影家》杂志上，并将展览目录推荐给有联系的各国摄影机构。也唯有如此，才能为这位了不起的摄影家略尽心意。

不曾被攻克的堡垒

立陶宛拥有汽车的人很少，即使有，也多半是原来生产的老车。波哲斯基显然特别有办法，开的居然是西德进口车。

"你还挺资本主义的嘛！"我们跟他打趣。他笑嘻嘻地表示："头些年大家还在揣摩到底什么是资本主义生活。有天一位朋友打电话来，说最近景况好，想多赚点钱，每天从早上 7 点忙到晚上 9 点还不能休息。累得半死时，突然恍然大悟，原来现在过的就是资本主义生活啊！"

汽车在双向四车道高速公路上奔驰，前后左右鲜见来车，十分钟能遇上一两部车就挺让人兴奋了！对我们来说，车流量这么小的高速公路，还真是奇特。相信老波夫妇也难以想象台湾高速公路时时车水马龙、日日严重塞车的景况。

“这样一路到考纳斯，景观太没变化，不如改走小路，绕到特拉凯（Trakai）看看！”老波建议。特拉凯在600年前曾是立陶宛大公国首都，如今是卡莱特人（Karaites）的聚落。他们是立陶宛最小的族群，现存人口不及200人，属土耳其族，奉行类似犹太教的宗教。祖先于14世纪被立陶宛大公从克里米亚带来助战，之后便世世代代于此定居。

抵达特拉凯已是傍晚7点多，逛了一圈，没遇到卡莱特人，倒是在嘉维斯湖（Galves）旁逗留了好一会儿。湖中小岛有座14世纪的红砖城堡，如今被改成特拉凯博物馆，专展史前时期以及立陶宛大公国的遗物。

四周一片宁静，脚下湖水清澈见底，几只白鹅无声滑行。光线依旧明亮，只是天边多了一抹夕阳，把绿树之间的城堡映得红艳艳的。一切美得让人不相信是真的，这般场景，我们只在广告片上看过，老波他们却是司空见惯。此趟旅途特别长，离开台北已将近一个月，立陶宛是最后一站，也是最能让我们放松的一站，放松到让人开始想家。

“该上路啦，考纳斯在等你们呢！”老波轻轻催促，临上车时，他骄傲地指着湖心的红砖城堡告诉我们：“历史显示，无论敌人多么强大，这座城堡从来不曾被攻克过！”

现实中的立陶宛自古以来就经常被强邻侵占，然而，立陶宛精神就像人民心中的红砖堡垒，从来也没被攻克过。遥想被讥为“贪婪之岛”的台湾，大家依旧有相信的事吗？有多少人的内心依旧矗立着精神堡垒？

日出而作，日落而息

晚上9点多抵达立陶宛第二大城考纳斯，天色终于暗了，上旅馆前，

特拉凯是 600 年前立陶宛大公国的首都，湖中一座建于 14 世纪的城堡是该国人民的精神堡垒。（阮义忠摄于 1995 年）

老波先开车绕了一圈，让我们熟悉环境。

75 年前，当首都和第一大城维尔纽斯被波兰占领时，考纳斯曾是临时首都。直到如今，在许多立陶宛人的心目中，考纳斯依旧是比维尔纽斯更纯粹的立陶宛城市，因为此地居民有 87% 是立陶宛人，而首都只有 53% 是立陶宛人（其余是俄罗斯人、乌克兰人、波兰人等）。

考纳斯比维尔纽斯更小，看起来就像个小镇，市内也分老城区、新城区，任何角落都是干干净净、清清爽爽的。老城区面积约 1.06 平方公里，第二次世界大战期间很幸运地未曾受损，到处可见哥特及文艺复兴风格的建筑，中心地带为商店围绕的市政厅，许多都是 16 世纪的建筑。

老波把车停在广场边，指着街角的一栋砖造老建筑，说：“这就是摄影协会的考纳斯分会，隔壁是协会艺廊，也是你作品展出的地方。明天大伙儿都会来参加展览开幕！”

艺廊原名考纳斯摄影艺廊，如今已更名为富士摄影艺廊，因为大部分展览经费都是由富士胶片公司赞助的。好在该公司并不干涉经营，一切决策都听马奇加斯卡的。考纳斯分会是全国最活跃的，大部分国际摄影活动都由马奇加斯卡在此策划。

天已经够黑了，街灯却依旧合着眼，立陶宛人的节俭与惜物，从小地方就看得出来。能生活在单纯朴素的环境里，其实也是一种福气。

旅馆在新城区，一路上几乎看不到车辆与行人，整个城市寂静异常。正想问，老波就开腔了：“是啊，这里一到晚上就是这么冷清！前阵子本地报纸还讨论过，为何考纳斯不像许多欧洲城市，天一黑就不见人影。有人说是电视的影响，有人说街上不像以前那么安全，我倒觉得这跟生活形态有关。我们的老百姓习惯日出而作、日落而息，哪像西班牙人，午休时间长达四五个钟头，夜晚当然精力充沛，只想往外跑！”

摸不着头绪的用餐时间

“立陶宛”旅馆是我们在考纳斯四天的下榻处，虽说位于城中心，周遭还是沉静得很。旅馆规模不大，陈设老旧，可是入口处的镶铜旋转门、楼梯间的彩色镶嵌玻璃，仍能让人想见她过去的风光。维吉妮亚说，从前一切国营，“立陶宛”是考纳斯最好的旅馆。开放后，私人企业买不起，政府又没整修经费，气势已比不上后来新建的旅馆。

管理依旧保留着国营风格，每层楼都有带枪看守的警卫，可说是最令人有安全感的旅馆。除此之外，环境单调朴素，看起来就像给公务人员出差过夜的。不仅看起来像，我们很快就发现，住起来也像！每天都得自己铺床单，罩被套，然后去柜台领早餐票；被单、枕头套自然是一套用到退房。

行李安顿好，老波夫妇带我们上他家吃晚饭。那一整天，除了早餐跟口间塞过的几片饼干，我们还没吃到任何东西，肚子真是饿瘪了！

有关用餐时间，我们始终没摸着头绪，除了早餐在旅馆按时吃，其他用餐时间视陪伴友人而定，差异不可谓不大。大部分人一天只吃两餐，有些在12点左右吃，有些在下午2点吃，有些在下午5点吃，还有些到晚上10点多才吃。总之，入乡随俗、客随主便的我们，在立陶宛的那几天几乎总是处于饥饿状态，时时羡慕着当地人那铁打的肠胃！

路灯已亮，才晚上10点多，路上冷清得却像三更半夜。老波家在老城犹太区，是一栋有小院子的公寓。指着坍塌的围墙，他无奈地耸耸肩表示：“院子是公产，还没从政府手里买下之前，谁也不会去修它！”

老波在此拥有两层空间，一层当工作室，一层当住家。在脱离苏联独立之后，政府除了发还土地及不动产给提供拥有证明的百姓，还让所有公民以低廉价钱向国家购买一套房子。艺术家们除了住处，还可得到一间工作室，多令人羡慕啊！

“每户人家只能有一次优惠购屋机会。”老波说，“那时凑不出买屋钱的人，现在都后悔得要命，因为现在的价钱，即使在优惠条件下，也比几年前要贵好多倍！”

他们家很宽敞，工作室更是大得叫人咋舌，虽然家具、设备都很基本，但夫妻俩的满足已写在脸上。

“你们老说台湾人有钱，可是在台湾，要千万富翁才住得起你们这样的房子！”我们跟他们打趣，老波却强调，其实他们国家的经济还不是很好，国民所得也低。目前每月平均薪资是388立特（litas，不到美金100元），官方的贫穷线是50立特（约美金11.5元）。“我们夫妻都有工作，收入算是很好了，可还是经常感觉钱不够用。真不知一般老百姓是怎么过日子的！”

终于要吃饭了！维吉妮亚在工作室的壁炉旁摆了张小桌子，铺上桌巾，摆好餐具，点上蜡烛，放上音乐，还开了一瓶立陶宛香槟酒。气氛好极了，包心菜卷也相当美味！主人的盛情不用怀疑，可是，感觉仍然像是吃了顿减肥餐。香槟喝完上伏特加，主人频频劝酒，兴致高昂，客人把食物扫得一干二净，若有所失。

我们对立陶宛菜的渴求，大概就是从那个晚上开始的……

老波的改装放大机

饭后，老波拿了些作品给我们看。他是非常用功的摄影家，效率也很高，作品得过许多新闻报道类大奖。暗房技术精湛，但放大机却是简陋的波兰机，这让我大为好奇。

“据我对这款机器的了解，它好像无法达到你照片上的高解像力。”

老波得意地笑了，答："你说得一点也没错，我把它改装过！你看这灯头，原来的220伏特钨丝灯泡，被我换成了12伏特的工业用直流电小灯泡，灯罩内部原来的银色也被我完全涂黑了。像这样，光线无法反射，只能笔直地从我在灯泡前所加的毛玻璃穿过去，射到聚光镜、底片、镜头和相纸上。这样放出来的照片，连最角落的粒子都会锐利无比地显现出来！"

原来，老波在拍照之前是学工程的，难怪手艺这么好！要是他哪天生产放大机，我非买一部不可！老波替《立陶宛晨报》（*Lietuvos Rytas*）旗下的周刊工作，另外也在大学兼摄影课，接拍一些零星的案子。这份周刊以图片为主、文字为辅，每期主题都以图片故事来表现。由于人手少，几乎所有图片故事都是由他一人担纲完成的。令人惊讶的是，尽管工作量如此大，发表作品又这么多，他仍能维持一定的水平，且每期周刊总有一两张杰作，旺盛的创作力令人钦羡！

老波显然在这里干得过瘾之至，等我们翻完那一大沓杂志，他朝我们顽皮地挤挤眼睛，道："朋友都说，这份刊物应该改名叫《波哲斯基周报》！"

意义重大的展览

第二天中午，老波带我们到摄影协会办公室。除了亚历山德拉斯·马奇加斯卡，《摄影家》所介绍的摄影家：罗穆亚尔德斯·拉考司卡（Romualdas Rakauskas）、朱斯凯利·罗马斯（Juskelis Romas）、约拿·达尼乌纳斯（Jonas Daniunas）、阿尔贝塔斯·史文希欧尼斯（Albertas Svencionis）以及史妮歌乐·米契可维修特（Snieguole Michelkeviciute）也都在等我们了，一张张笑盈盈的脸孔真挚又热情。

他们之中，有的腼腆，有的开朗，可是，每个人都用自己的方式表达了对《立陶宛专号》的喝彩，同时也对这么高质量的杂志如何生存感到好奇。这跟在世界各地碰到的情形一样，大部分人都以为我们有财团或政府单位支持，当听到内人与我既是创办人，又是主编、艺术编辑、美工完稿与搬书小工时，都惊讶极了！

我告诉他们，《摄影家》杂志之所以被大家看重，跟时机很有关系。欧美各国经济不景气，本来就凤毛麟角的严肃摄影杂志接二连三地停办，纪实摄影的发表园地越来越少。世上许多摄影家都愿意免费提供作品，希望我们的杂志能撑久一点，而我们能回报的，就是用最有力的编排、最好的纸张、最棒的印刷，将他们的杰作最忠实地复制。

展览下午 5 点开幕，马奇加斯卡带我们到楼下画廊看照片顺序有无需要调整。空间呈长方形，我那涵盖“北埔”“八尺门”“人与土地”“台北谣言”和“四季”等单元的 70 多幅作品，依序排在四面墙壁与当中两根大柱子上，其中一本书上的序被翻译成立陶宛文挂在入口处。尽管画廊经费短缺，海报印刷品质不佳，裱框与衬纸略显粗糙，我却对一切都满意极了！这个展览对我意义非凡，距离这么遥远的两个地方，因为摄影而彼此有了接触。而我若不是以摄影为志，可能一辈子也不会造访这个国度，也没有机会认识这群可爱的朋友。

开幕酒会简单而隆重。除了两朵鲜红的玫瑰花，摄影协会还特别印制了一份用皮面衬套装裱的感谢状，由马奇加斯卡郑重地交给我。它代表了珍贵的纪念与厚实的情谊。

温暖无比的同志情

酒会结束后，我们回到马奇加斯卡的办公室，每位摄影家都准备了最近的作品请我过目。

立陶宛摄影家的照片内容多半有主题，很少漫无目标、随兴所至地去拍。罗马斯在做完那组很美术性的染色作品后，就专注于以写实手法拍摄考纳斯的十几座废弃战壕。拉考司卡曾致力于表现立陶宛农民的生活，最新体裁则是借由裸体来歌颂少女的青春。年轻的史文希欧尼斯从彩色的拼贴作品转回黑白纪录。女摄影家米契可维修特则从男性人体转向风景。

他们从一个主题跳向另一个主题时，表现手法的差异性，简直不像出自于同一个人。勇于创新，不重复自己，可说是立陶宛摄影家的共同特色。

马奇加斯卡的最新作品依然让我赞叹不已。有一个系列以墓碑上的死者肖像为主题，因为立陶宛人认为，死者的灵魂会永远绕着在世的亲人不散，眷恋他们，也保护他们。这组照片他依旧用超广角镜头来表现，借景深把墓碑与后面的景物压缩成一个平面，形成生死两个世界的对照。令人称奇的是，在这么一大沓照片当中，很少看到意念的重复，每张作品都有个别内涵，耐人寻味地诉说着生者与死者之间那怎么也断不了的牵连。

马奇加斯卡是以“市集”系列作品扬名立万的，很多人都以为那是他的登峰造极之作，要超越如此富有原创性的风格实在是太难了！若非亲眼看到他产量如此多、质量如此佳的其他作品，我也会这么认为。他的眼睛充满了对外在世界的好奇，心中随时燃烧着炽热的创作火焰，丝毫没有被庞杂的行政工作阻碍！这一点是让我最羡慕的地方。

看完照片，大伙儿又开了香槟，七嘴八舌地询问关于中国文化、台湾情形、我对摄影前途的看法、在学校怎么教学等问题。人人抢着讲话，把担任翻译的英文老师——史文希欧尼斯的太太忙得人仰马翻。

阮义忠与袁瑶瑶在考纳斯摄影艺廊前与立陶宛摄影家们合影。后排最右为立陶宛最具代表性的摄影师之一——亚历山德拉斯·马奇加斯卡。前排最右者为与他齐名的罗穆亚尔德斯·拉考司卡。

有人说："你们帮了立陶宛人的忙，就是所有立陶宛人的朋友！"听到我们曾想卖房子办杂志时，又有人说："你们要是把房子卖掉了，我们就从这里运砖头去台湾帮你们盖新房子！"搞得我们眼眶发热……

讨论告一段落，马奇加斯卡要我们夫妻坐好，正感好奇，就见在场的所有朋友都站起来，挥舞着手里的酒杯，扯开喉咙为我们唱了一首雄伟热情的立陶宛民歌。"歌词的意思是祝人快乐、长寿，希望你们和《摄影家》杂志都长命百岁！"

我们感激地频频道谢，他们却笑嘻嘻地表示："我们这是在为自己打算啊！《摄影家》办久一点，我们的作品才有好园地发表嘛！"

"越穷的人越慷慨"——这句话一点也没错！在很多富裕的国家，摄影界人士有自筑围墙的情形，在这儿却让我有完全不同的感受。那一天，在离家万里的小国立陶宛，我体会到了一份澎湃的摄影同志之情，令我至今一想到就温暖不已！

小国也有摄影博物馆

接下来的几天，马奇加斯卡为我们安排的都是"文化观光"项目。第一对向导是他的儿子马立欧和未来的儿媳妇裘姬达。两位年轻人长得真好看，这好看，除了五官清秀，最主要的是摩登社会青年人身上少见的谦恭、温良与持重。

首先，我们去了立陶宛的第三大城，也就是考纳斯北方168公里的苏列（Siauliu），参观"苏列摄影博物馆"（Siauliu Fotografijos Muziejus），也是我的展览巡回的其中一站。

苏列在第二次世界大战时几乎被夷为平地，除了一所教堂是古迹之外，整个市区均为新建。创立于 1967 年的这座摄影博物馆位于市中心最大的一条人行道上，馆中设备同样朴素简单，所陈列的收藏品虽然不多，但经过细心整理与陈列，仍然可以让人对立陶宛摄影史的发展一目了然。

除了摄影光学与化学的发展史料，展览橱窗还依年代顺序，列出立陶宛著名摄影家的作品及著作。从早期用达盖尔摄影术创作的摄影家，到现今依旧活跃的当代名家苏卡斯、马奇加斯卡等人都在列。

除了常设收藏品空间，还有两个面积不小的画廊也有展览。那天展出的是一位立陶宛摄影家的“世界各地的女人”以及一位立裔美籍的摄影家作品回顾。

这么一个小国家的一座小城内，却有如此精心规划的摄影机构与终年不断的展览活动，真是叫人替民众高兴！见微知著，立陶宛的摄影人才辈出，不是没有道理的。

十字架之丘

下午继续开车北上，来到离拉脱维亚边境不远的一个圣地——位于多蒙台(Domantai)和尤盖夏(Jurgaiciai)两个村落之间、靠近卡贝河(Kulpe)的“十字架之丘”(Kryziu Kalnas)。

这个奇妙的小山丘，直到 14 世纪都是一座抵御敌人的要塞。人们会称呼她为“十字架之丘”，是因为在山丘顶上散布着各式各样的十字架。自古以来，立陶宛农民就有制作大十字架，将其高高竖在住家附近，以驱邪避凶的习俗。

没有资料显示第一座十字架是何时出现在山丘上的，但据信是 14 世纪末 15 世纪初，当天主教势力在国度稳固后。1831 年后，十字架开始在山丘上涌现，19世纪末的数目大约为150座，1914年是200座，而到了1940年，丘上已有400座大型十字架以及数以千计的小十字架。

从1961年到1975年间，苏联试着摧毁这座独特的宗教圣地，推倒5000余座十字架。然而，举国重生之后，为数更多的十字架出现在山丘上。不仅邻近区域，立陶宛国内以及全球各地都有人们千里迢迢而来。如今，"十字架之丘"已声名远播，每年都有成千上万的人从世界各地专程带着他们的十字架来，在赞颂天主的同时，也祈求他的悲悯，在为往生亲人祈祷时，也为活着的所爱祈福。

还没来此地之前，我已从波哲斯基最近拍摄的一个专集中看到过此处的照片：排成一列的朝圣民众手拉着手，从密密麻麻的十字架山坡底下徒步而过。教徒们形成的人链，把画面上原本就有的宗教气息烘托得更为浓厚。我看过很多表现宗教力量的照片，波哲斯基的这张作品，无疑是同类作品中最具震撼力的之一。

车子离开公路，缓缓驶向黄沙一片的旷野之中。老远就看到，在那一望无垠的平地上，山丘如刺猬般。来到坡脚抬眼观望，天空蔚蓝而深邃，阳光亮得叫人晕眩。白云低低地笼罩着数不清的十字架，仿佛在护卫着这块万民瞻仰的圣地。

小小的停车场上挤满了游览车与小客车，肃穆的心灵福地俨然成为观光胜地。卖纪念品的摊贩在入口处两旁一纵列地等候生意上门，随团体而来的游客围坐在地上享用自备午餐。一对又一对穿着结婚礼服的新人与亲属络绎赶来。结婚当天来插上一根十字架，向丘顶的圣母玛丽亚祈祷平安，已不只是仪式，而是时尚了！

马立欧说："以前这里很神圣，是立陶宛人心灵的寄托，现在却被赶时髦的人弄得像市集。我以前经常来，现在却挺不愿意来了。"

尽管有些世俗化，但在我们看来，十字架之丘依旧是个令人感动

从 14 世纪以来，“十字架山丘”上的各式各样的十字架不断在增加，已成为世界奇景，每年都有成千上万人特地带着十字架插在山上为亲人祈福。新婚夫妇向山顶上的圣母跪拜求安，已成为不能免的礼仪。（阮义忠摄于 1995 年）

的奇迹。这些无法计数、每天都在增加的十字架，已从整个小丘蔓延到了平地。高达两三层楼的巨型十字架平地拔起，小到像耳坠子的十字架成堆成串地依附在大十字架上，有木雕的、铁铸的，也有陶塑的、石刻的、玻璃的。有的雕工精细、彩石镶嵌，有的只是一直一横的小棒子，有的已开始生锈、腐朽，有的则还带着新刷的油漆味。

这些十字架就像是森林里的树木一样，是活的，是有生命周期的。它们一代代地绵延，把人们内心深处渴求安宁的愿望会聚成不可撼动的力量，传播四方。

几道不错的立陶宛菜

离开十字架之丘后，马立欧建议到一家小馆去尝尝地道的立陶宛家常菜。车子开了半天，来到乡野中一座有大风车的磨坊前停下来。

见我们满脸迷惑，马立欧笑着说："这就是我说的餐厅呀！"磨坊内的圆形空间布置得好似老农舍，触目所及都是已有年代的老木头桌椅，非常朴拙、非常可爱。遗憾的是，音响震耳欲聋，播放的是极其聒噪的美国摇滚乐。在我们的坚持之下，店家终于关了音响，顿时天下太平，一片祥和。

马立欧点了几样不同的菜色与一大瓦罐酒，这种用黑面包发酵做成的饮料叫 Gira，淡褐色，味道稍甜，口感比啤酒稍稠，酒精度却较低。第一口有点不习惯，令人猜想马尿会不会就是这种味道！不过，第二口就觉得挺开胃了。年轻人解释："立陶宛的每个家庭都会用吃剩的黑面包做 Gira。我妈妈做的 Gira，那才叫好喝呢！"

连同这一餐，几天下来吃过的立陶宛食物，印象深刻的有几种：

Saltibarsciai 为粉红色的冷汤，用酸奶、黄瓜和甜菜根做成。味道咸中带酸，很爽口，立陶宛人夏天最喜欢喝。

Troskinys 是用小陶罐炖煮的食物，看起来就像我们的“佛跳墙”，只不过里面没有汤汁，材料也是最平民化的切成小块小块的牛肉、洋芋、番茄与腌黄瓜。食物炖得烂熟，吃起来虽不怎么令人惊艳，可是很抵饱，而且肉是肉味、瓜是瓜味。咱们的“佛跳墙”好料一堆，却都被熬成了同一个味道，不过那又是另一种好滋味了！

Balandeliai 是卷心菜，在立陶宛文中也有“鸽子”之意，菜叶裹着调过味的碎牛肉、猪肉与饭粒。上菜时淋上烹煮逼出来的汤汁，菜卷吃完，清甜的菜汤也不能错过。

Kijevo Kotletas 是炸鸡卷，取名基辅鸡，可能跟俄国菜有渊源。薄片鸡胸肉把切成丁的红萝卜、玉米、豌豆裹起来，在稠蛋汁里一拖，沾上面包粉，用热油炸。端上桌的鸡卷还冒着热气，餐刀一切，红、黄、绿相间的蔬菜粒顺着鲜香的鸡汁流出来，好看又好吃！

Cepelinou 很像我们的彰化肉丸，形状椭圆而饱满，乳白色的外皮很是可爱的，里面包着碎肉。用马铃薯做的外皮口感比彰化肉丸硬实，可咬第一口就让人亲切感油然而生，立刻开始想家。

Blyneliai 是用鸡蛋、面粉摊的薄饼，里面可包任何食物，咸的甜的都成。我们吃过的那种是包肉，还有一种包小蓝莓酱与奶酥，再把酸奶酪覆在饼皮上。

立陶宛菜基本上是“简单、清淡”四字，没有复杂讲究的烹调法，就是老老实实地展现食物原味，吃起来爽口，可又感觉不出特别之处。我们吃过的几样菜，感觉除了基本调味品外，很少添加香料，别说花椒、八角了，就是葱、姜、蒜与辣椒也没见用上。无论什么菜色，吃起来都是咸淡适中，口味不偏不倚。总而言之，虽没特色，却很容易让人亲近，吃起来还行。

神父不见了

马立欧年纪轻轻的，办起事来却是相当有效率。看天色还早，他又开了一大段路，带我们到一个叫 Dotnuvos Vlenuoeynos 的小镇，因为此地有个修道院，主持是位博学多闻、享誉全国、备受尊敬的老神父，姓 Staniskovas。

神父出现时显得很匆忙，可是态度慈祥和蔼，一见面就通过翻译问："除了中文和英文，你们会讲哪一国语言？"原来，神父懂十几种语言，可惜的是，偏不包括我们熟悉的，我们只好用简单的法文和他寒暄一番。不一会儿有家人抱着新生儿来受洗，他就忙着主持仪式去了。

马立欧告诉我们，神父每天从早忙到晚，一刻也不得闲，除了教区的例行事务，还要为从全国各地专程前来的民众祈福、解惑。苏联时期，宗教活动被禁止，所有神职人员都被遣回家乡，而神父在一个叫 Paberlc 的地方组织了一个收容所，专门帮助酒鬼和吸毒的人戒瘾，让许多人都脱离了苦海。

"也是在那段期间，"马立欧说，"Staniskovas 神父开始把自己与其他神父似乎不再有机会穿的圣袍都收集、保存起来。他走遍立陶宛和邻近国家，竟然渐渐收藏了好几万件。年代最早的还有 13 世纪的，真不知他是如何办到的。这批东西现在已经成了立陶宛的珍贵财产，其中一小部分就在修道院里，我带你们去看。"

就在教堂后方的四合院里，一排房舍的二楼有个很大的房间，像大衣柜那样满满排列、吊挂着令人大开眼界的收藏。这些圣袍看起来多半旧旧的，样式大致相同，但颜色与布料却各有千秋，领口、袖口以及胸前背后的刺绣变化多端，无一雷同。虽没有时间慢慢欣赏，但确实能领会它们的珍贵。

Staniskovas 神父收藏的圣袍数量惊人。他正在为一位婴儿施洗礼。（阮义忠摄于 1995 年）

明知这些圣袍是收藏品，可是纯粹把他们当收藏品看又有点不习惯。从小到大，见过的所有圣袍都是穿在某位神父身上的：有圣袍就有神父，有神父就有圣袍，这是永远不变的印象。刚踏入这个大房间时，就好像突然看到这许多神父都不见了，小小心惊了一下!

两位国宝艺术家

第二天，我们的导游换成罗马斯和老波的学生明多卡斯及其女友克丽丝汀娜。

人多好办事，立陶宛人不作兴独来独往。每次的向导组合都有其道理，就拿今天来说，中年的罗马斯见识丰富，年轻的明多卡斯会说英文，有部旧汽车，至于可爱的克丽斯汀娜，当然是来陪伴那陪伴我们的明多卡斯的!

立陶宛人曾长期受异国统治，因此个个都非常爱国，对立陶宛文化引以为傲的情形，特别让人感动。摄影协会显然希望我们能充分了解立陶宛，因此这一天安排的项目是参观国立瑟琉尼斯（Ciurlionis）美术馆，以及位于郊外的立陶宛民俗村。

美术馆虽然规模不大、藏品不多，却让我们的视觉及心灵受到极大的洗礼。两间永久典藏室分别陈列着两位国宝的艺术作品。一位素人女雕塑家 Elzbieta Daugviliene（1886—1959）的作品实在是够特别了，在全世界还找不到第二个例子。她用针线把树皮一针针地缝在帆布上，制成像树干般的巨型雕塑，借以表现立陶宛农民反抗外敌入侵的情景。乍看之下，这些作品仿佛是从树上冒出来的古树精灵，代替立陶宛人向世间诉说他们的悲哀。树皮纹路跟人物肢体交缠，活生生地化为一幕幕令人过目难忘的受难图。

Daugviliene为土生土长的考纳斯人，父亲于1863年死于反抗俄国沙皇运动，因此她自小由祖母一手带大，从小便得做工赚钱。1919年她结婚后以园艺工作谋生，一肩打起包括祖母、子女、公婆以及夫家祖父母的一大家子生计，并于1930年起开始展现自己深埋已久的艺术天分，把最擅长的女红与园艺结合，创造了这几尊独一无二的树皮雕塑，每尊雕塑都花费许多年才得以完成。

另一位艺术家，就是美术馆以其为名的瑟琉尼斯（Mikalojus Konstantinas Ciurlionis，1875—1911）。他是作曲家，也是画家，因受手风琴师父亲的启蒙，少年时期就读于管弦乐学校，及长于“华沙音乐学校”研习音乐作曲，也同时在“华沙美术学校”学过两年绘画。成年后，他组织及强化音乐界与绘画界，在推动立陶宛文化的工作上有过重要贡献。可惜46岁那年他感染重病，英年早逝。

他可谓立陶宛的第一位杰出作曲家，所创作之音乐包括交响曲、清唱剧、序曲、弦乐四重奏、合唱曲、民歌、钢琴曲。然而，使其声名大噪的却是绘画。他起初是象征主义者，但很快就在自我探索下创造出了独特而复杂的风格与学派。他在帆布上表达大自然的基本特征和隐喻，无限自由地重新安排大自然的旨意，在空间与结构上呈现出强烈节奏感；绘画反映了探讨哲学跟宇宙的动机、民间传说和对神话的渴慕，以及自我的宇宙观。

这位奇才的绘画作品，神秘主义的味道非常浓厚，用色淡雅，笔触轻飘，景物颜色与轮廓有如罩在一层薄雾之后。画作里的光线不是清晨就是暮色，带点像莫奈所捕捉的光线意境，却比早期的印象派多添了一份超现实色彩。

瑟琉尼斯极受立陶宛人尊崇，罗马斯告诉我们，他的作品跟美术史上的其他派别都不同，风格完全属于自己，也属于纯粹的立陶宛。可

素人雕塑家 Elzbieta Daugviliene 以及她用树皮缝成的作品。

作曲家兼画家的 Mikalojus K. Ciurlionis 及其昼作。这是他的 CD 封面图。

惜的是，他虽然在音乐和绘画上的创作量惊人，却来不及培养直接传人，稳固学派。如今，举国上下决意不让任何一张瑟琉尼斯的画流出国内，因此三百余张画作从不外借。

“世人要看瑟琉尼斯的真迹，就只有到我们考纳斯来看！”罗马斯以骄傲的口气说。

传统生活的再现

民俗村位于考纳斯西边的9公里处，占地广大，公园经精心规划，建设了早期立陶宛人的生活聚落。这个国家国土虽小，却在东南西北四大区域各有饶富特色的生活样貌。在古时候，这些地域除了建筑样貌与老百姓服饰各异，习俗也有差别，只是经过上数百年的演变，差异性在今天已不易觉察。

民俗村里十分忠实地重现了这些立陶宛的传统，在文化传承的任务上扮演了相当重要的角色。村里的地形、河流均按原地比例重整新辟，所有建筑的一砖一瓦都由原始房舍拆下，再逐一还原，屋内的家具、用品也都是古董。

难得的是，整个民俗村并无明显的刻意规划痕迹，置身其中，仿佛回到了历史上的某个时空。看我们对每栋房屋和周遭环境仔细欣赏的样子，罗马斯开心地表示：“你俩真好，对我们的东西这么感兴趣。我带过很多外国宾客来此，有的人不但没兴趣，还会显得不耐烦呢！”

之后，我们在民俗村里用了不知该算午餐还是晚餐的一顿饭，好在我们的胃已经完完全全地习惯本地菜和本地的用餐时间了。每回用餐都有新发现——在这顿饭的最后，我们喝到了据说在一般餐馆里没有的薄荷茶（Metu Arbata）。每份除了一瓦壶热茶、一只陶杯，还有一小碟稠稠的、呈半固体状的蜂蜜。每个人依自己口味把适量的蜂蜜舀在茶杯里，热茶一冲，立刻香味四溢。啜饮半口，精神为之一振，东跑西跑的疲累，随着袅袅上升的热气霎时化无!

回家

第二天，我们必须返回维尔纽斯，以便搭清晨的航班去巴黎转机回台北，将近一个月的旅程，也就在立陶宛这个可爱的国家完美结束。

为了送我们到机场，明多卡斯与克丽丝汀娜凌晨 4 点多就到旅馆来接我们。我们摸着黑在旅馆门口上了他那老旧的苏联汽车，两口行李箱满满的，大部分是书籍，把轮胎压得扁扁的。

车子从寂静无声的市区驶向空空荡荡的高速公路，一路上的湖面与草地都披着晨雾的轻纱。我们要离开了，而一切都还未苏醒，望着清新的大地，想到对一切都抱着新希望的立陶宛朋友，我不禁在心中默默祷告：但愿受尽强国欺压的立陶宛老百姓，如今再也不会做被异族统治的噩梦；但愿友人们所憧憬的生活实现时，滋味会像他们所梦到的那样美!

明多卡斯打断我们的思绪，笑眯眯地指着前面，说："我们要去的，正是太阳要升起的方向！"

是的，我们来自东方，我们的家就在遥远的那一头。

卷二

1991 年的“欧洲摄影历史协会”在法国图卢兹市举行，由馆长让·杜杰德统筹。（阮义忠摄于 1991 年）

忆图卢兹

欧洲摄影历史学会之旅

过去四年来，每年初我们都会收到从英国寄来的一份厚厚的邮件。看信封就知道，欧洲摄影历史学会（European Society for the History of Photography）缴会费的时候又到了。

在这个信封里，除了缴费单，还会固定附上一份年刊以及当年大会召开的时间、地点。上次年会的举行地点是挪威的奥斯陆，上上次是西班牙的巴塞罗那，上上上次是苏格兰的爱丁堡，再上一次，就是让人念念不忘的，在法国图卢兹的那一次了!

到目前为止，我们也只参加过在图卢兹举办的那一次。然而，我们没有停止过关切学会的活动，也常常想到所认识的会员朋友，且从不间断地缴会费。每次在填表格和寄支票时，心里就会想：说不定下一次开会，我们就能抽得出时间了。

图卢兹的光荣

欧洲摄影历史学会的主要成员是欧洲各国的摄影博物馆馆长、摄影教授及摄影史研究者，我会成为该会稀罕的非欧洲区会员，实在是个意外。但这个意外却与我近几年来的工作产生了因果关系，仿佛命运之神在冥冥之中替我规划好了未来，引着我们一步步走到今天。

1991年夏天，内人与我应法国阿尔勒国际摄影节（Rencontres Internationales de la Photographie d'Arles）创办人卢西恩·克拉格（Lucien Glergue）的邀请，前往参加第22届摄影节。由于活动在7月初举行，我们特别安排6月中旬出发：一来，可先到西班牙的巴塞罗那看看；二来，去阿尔勒之前，可从巴塞罗那就近去图卢兹探望好友让·杜杰德（Jean Dieuzaide）先生。

记得到巴塞罗那时，这个城市已经在为次年举行的奥林匹克运动会热身了，物价大幅上涨就是最明显的例子。尽管如此，在巴塞罗那及邻近乡镇的探险经验，至今仍让我们回味不已。当然，这又将会是另一篇游记的内容了！

虽然巴塞罗那距离图卢兹很近，但由于机票限制，我们得先往北到巴黎的戴高乐国际机场，再转奥利国内机场才能到图卢兹。这等于是多绕几十倍的路，让人特别记挂托运的两只行李。

几天前从台北到巴塞罗那途中，就是因为先停靠了印度新德里（飞机故障）再飞巴黎转巴塞罗那，行李就那么给转不见了。穿了两天脏衣服，航空公司才终于把行李送到旅馆。

行李输送带不知已转了多少圈，直到其他旅客都走光了，我们的箱子仍未出现，我们沮丧地走向遗失申报处，却一眼见到箱子好端端地搁在柜台旁边！正想去拿，一位穿制服的人却拦住了我们。“这是你们的行李吗？请过来开箱检查！”

原来，这两只行李进出巴黎两次，其间还去了趟西班牙，却从没进过法国海关。敢情海关认为情况异常，怀疑我们涉及非法勾当？虽然没做坏事，心跳还是比平常快了许多，连忙取出钥匙，在两位官员的监视下打开行李箱。

其中一位把大的那箱敞开，一件件地翻看里面的衣物、书籍。箱底的一个木盒子引起了他的注意，捧起来时表情狐疑。“这么重，里面是什么？”

“是要送给朋友的一瓶好酒！”我们忙答。

“你们在图卢兹有朋友吗？”

“有的，是‘水之堡’（Galerie municipale du Chateau-d'Eau）摄影艺廊的创办人让·杜杰德先生。”

“你们是杜杰德先生的朋友？怠慢了！这位先生可是我们图卢兹的光荣，其他行李不必检查了，祝你们假期愉快！”

上了出租车，问司机知道杜杰德吗？回答又是：“当然知道，他是我们图卢兹了不起的艺术家！”

上次来，只晓得他人好，对摄影界贡献大，却没料到他在民间的声望也这么高。一位摄影家能够受到如此的尊敬，让来自摄影不太被看重之处的我们，真是既佩服又感慨！

大阳台旅馆

出租车载我们到市府广场边的“大阳台”旅馆（Grand Balcon），登记入住时，除了房间钥匙，胖老板还交给我们一封信。旅馆是杜杰德代订的，信也是他留的；老先生在信中欢迎我们，并要我们在傍晚到水之堡去找他。

家具、地毯和其他陈设看起来都旧旧的，床也有点凹凸不平，住起来不太舒服，可是，几乎所有朋友来访，杜杰德都会推荐这儿，一再强调，大阳台是“富传奇性”的旅馆。

大厅墙上的许多飞机与飞行员照片，诉说着这家旅馆不平凡的过去。早在飞机还没发明之前，图卢兹人就对热气球活动格外热衷，而这个南方城市后来也发展成为法国的航天工业中心。图卢兹在第二次世界大战期间为盟军重要空军基地，而当时的大阳台有最时髦的酒吧、舞池，是飞行员最爱流连的场所。

经常投宿于此的飞官之中，最著名的就是安东尼·德·圣-埃克苏佩里少校（Major Antoine Saint-Exupery）。在出任务失踪前，这位《小王子》《夜间飞行》等书的作者最喜欢在大阳台消磨闲暇时光。《小王子》据说就是在他的专属套房里完成的，这间房如今仍保持着当年的原样。胖老板自豪地表示，日本电视台曾专程来此拍摄专集。

墙壁上挂的影像，其中一张是水之堡的展览海报。名摄影家约翰·菲利浦（John Phillip）曾以圣-埃克苏佩里为主题，拍摄了一系列关于这位飞行英雄兼大作家的工作与生活。还有哪儿比“水之堡”更适合展出这批作品？

圣-埃克苏佩里的确是卖点，尤其是最近他的肖像又被印在 50 元法郎的钞票上。所以说，尽管不舒适，大阳台的生意依旧兴隆。

意外加入学会

从旅馆到水之堡的路程不远，慢慢散步十几分钟就可到达。状如灯塔的这栋建筑，在古时候是图卢兹城的水利局，塔底有一具大水车，源源不绝地将加隆河（Garonne）的水打上来供民众所需。像这样的水堡建筑，从前几乎每个法国大城市都有，但现在完好保留的只剩两座，这座就是其中之一。也因为如此，水之堡被视为图卢兹的重要地标。

图卢兹的老建筑多半是红砖盖的，因此有“红砖之城”的美誉。

我们在巷道穿梭时，每每会为这些罗曼风格的建筑以及深浅不一的砖色着迷。快到水之堡时，老远就看到堡外高高拉起两幅长长的布条。一幅印着最近的展览名称，一幅印着“欧洲摄影历史学会”的大字与字体较小的学术研讨会会期。

我们好奇地随着人群往标有“报到处”的第三展览厅走去。屋里十分热闹，几位头发花白的先生、女士高兴地聊着天，讲着我们不懂的话，听起来很像柏格曼电影里的对白，八成是瑞典人。

白发红颜的杜杰德笑呵呵地迎上来。照例是还没开口，就先来个热情的拥抱，然后左脸亲亲、右脸亲亲，才算尽了礼数!

70岁的他浑身是劲儿，讲话也特别快：“你们来得太巧了，欧洲摄影历史学会今年轮到法国主办。通常应该是在巴黎开，可是今年那边的人酝酿抵制，因为学会总部要从创办国比利时迁到英国，巴黎人认为要迁就应该迁到巴黎，怎么可以迁到别的地方去！我看情势不妙，再僵下去这届年会可能会流产，所以就接过来在我们这里办了！”

“一切还顺利吗？”“顺利，顺利！巴黎那边总会卖我面子来参加嘛，这样抵制就行不通了。看看，不但巴黎代表来了，就连台湾人都来了！我看你干脆报名参加研讨会，跟我们一起共度会期，保证好玩！”于是，我便在杜杰德的推荐下成为欧洲历史摄影学会唯一的东方会员，与内人在开会期间大出风头。

杜杰德的助手费德利·吕帕(Frederic Ripoll)正在柜台后忙得团团转，一年不见，他显得满面春风，原来他正和一位来自西班牙与法国交界处的迷你小国安道尔(Andorra)的美女谈恋爱。他展开迷人的招牌笑容，说：“你们当真要参加研讨会？都是念学术论文哦！我们虽然有英、法、意、德、西语的同步翻译服务，但可没准备中文的……但是余兴节目很棒，会去图卢兹附近的名胜古迹！”

传奇的“大阳台”旅馆，门厅挂满了《小王子》作者圣-埃克苏佩里的肖像。
（阮义忠摄于 1991 年）

AEROPOSTALE

我们兴致勃勃地报了名，就当是参加旅游团吧！会期是6月27日、28日和29日。每天供应两餐，再加上下午出游的交通费，每人所交费用约合台币3000元，但我们的所得所学，远远超过付出！

欧洲影界大会师

填表时，与会人士多好奇地打量我们。既庄重又友善的他们大多在五六十岁，超过70岁的也有。有人忍不住问:“怎么知道这个会的？”我们便据实以告：“很抱歉，我们从来不知道有这个会，这次是来看杜杰德的，顺便和大家一起共度会期。”他们宽容地笑了，好像这个理由就足够了！

忙得不可开交的杜杰德硬是抽空请我们吃晚饭，一切都跟上次没两样：同样的餐厅、同样的靠墙大桌，每个人也坐同样的位子，甚至点菜时，他也像上次那样，力荐我们尝尝图卢兹的地方菜“卡酥雷”（cassoulet）——一种含白豆、香肠、猪肉、鸭肉的砂锅。这种大杂炖肉烂汤浓，其实非常好吃，可每一口都得配面包，不然味道就太重了。我们自己点的鹅肝与鸭肋排最保险，在什么省份都一样美味。法国南部人的平均寿命之长，在全世界名列前茅，据说跟他们爱喝红酒和吃鸭肉有关。

虽已时隔一年，但感觉上次那餐饭好像一直延续到现在，熟悉的环境、熟悉的食物、熟悉的杜杰德。他的固执，从创作理念、宗教信仰贯彻到日常生活的衣食住行，无论话题怎么转，总是会回到摄影上，他殷殷叮嘱：“你们可以多认识些欧洲的朋友，其中好多位都对他们国家的摄影界有很大贡献。研讨会的内容与行程节目表里有，你们回旅馆可以先看一下。明天研讨会正式开始，我会很忙，就不能陪你们了！”

大阳台距离这家餐厅只有几分钟脚程。我们肚里塞满酒食，心里装满温暖，倍感幸福地散步回旅馆。临睡前把资料摊开来研究一番，与会人士来自英国、法国、西班牙、葡萄牙、意大利、荷兰、摩洛哥、德国、奥地利、瑞士、比利时、挪威、瑞典……还有中国台湾。

学会创始人是比利时籍的罗杰·柯南（Roger Coenen），现任会长是英国籍的玛格丽特·哈克 - 法兰德（Margaret Harker-Farrand）教授，研讨会共有 19 篇论文发表。

题目有的看起来正经八百，如“卡尔·克立（Karl Klic），照相制版术的发明人（维也纳，1841—1926）”“20 世纪初文字和影像的美学表达”，又如“1839 年的巴塞罗那和达盖尔摄影术”“比利时的画意派和前画意派”“2000 年来有关暗箱的争论”等。

有的一看就让人大感兴趣，如“西班牙的最后一家相机制造厂——威立沙（Werlfsa）”“画家罗德列克（Toulouse-Lautrec）自拍像”……

有的就不知道是变什么把戏了，如“从黑色躯体到美杜莎之头（Meduse，希腊神话中的蛇发女怪）”“真实的想象”……

可想而知，有些论文一定是艰涩无比，也不晓得能不能听得懂。好在午餐过后就会出去游览，要是上午太无聊，下午还可散散心。

几篇论文

研讨会在水之堡旁边的“神殿大厦”（Hotel Dieu）进行，我们累得睡过了头，等冲到会场时，演讲厅里已坐满了人，赶紧领好英文翻译耳机，在最后面坐好。还好正在进行的是一连串官式致辞，比里牛斯区文化官员、图卢兹市政府官员、学会主席等人轮番上台讲话。

研讨会正式开始，由杜杰德代表无法出席的法国国家图书馆摄影部门主管让 - 克劳德·勒马尼（Jean-Claude Lemagny）宣读论文《摄影，物质与光线》。这是篇硬邦邦的法语论文，还好进场时有人给了份英文译本，边看边听翻译，也能了解个大概。

这是勒马尼对摄影光线的新探讨。他用两位摄影家的作品来举证。罗塞拉·贝卢希（Rossella Bellusci）的作品是在白背景前拍摄穿白衣的白种女性，光线打得很强，照片过度曝光，以至于影像白到形体几乎消失。他的反证是，光线不止可以使物质现身，也同样可使物质消失。另一位摄影家伯纳·贝内（Bernar Benet）的作品刚好相反，是在一个几乎没有光线的地方所摄，无论被摄对象是什么，照片都是一团黑，好像感光材料根本未曾曝过光，但影像依旧可以辨认，能感觉黑暗之中有东西存在。

一般惯见的照片都是有光有影的，光线与阴影需要彼此来证明自身的存在。但在这两个特殊的作品中，光线与阴影可以个别存在，却仍保有其独特之美。这篇文章的内容，无论大家同不同意，都的确是令人感到新鲜的见解。

在后来两三天所发表的论文中，有几场因为配合了精彩的幻灯片，因此虽听不太懂也能领会讨论的焦点。现在分别介绍如下：

多米尼克·鲁（Dominique Roux）的“画家罗德列克的自拍像”。天生个头奇矮又跛脚的罗德列克（Henri de Toulouse-Lautrec，1864—1901）是法国现代绘画的传奇人物，其画风受日本浮世绘的启发，画作大部分描写巴黎“红磨坊”里的舞女与酒客；很少人知道他也是杰出的摄影家。鲁收集了不少罗德列克的摄影作品，并将他各种不同装扮的自拍像，如小丑、日本武士等组织起来，让人对画家的心灵世界多些了解资料。

海伦妮·萨莫斯卡伯爵夫人（Comtesse Helene Zamoiska）的“作家及摄影家利奥尼德·安德耶夫（Leonid Andreiev，1871—1919)”。这位俄国近代知名小说家的摄影天分从未被发现过，而其孙女保留了他生前在彩色摄影术刚发明时所摄的为数不少的作品。令人惊讶的是，照片透露了这位作家在视觉方面也有不凡的敏感度，使用照相机与使用文字有同样的直观力，对人类的精神面进行了深刻的探讨。

迈克尔·格雷（Michael Grey）在摄影术刚发明时，为英、法两国学者之间的互通有无找到新的证据。杜杰德、瑟奇·内格雷（Serge Negre）分别谈了查尔斯·法柏（Charles Fabre, 1851—1933）以及亚瑟·巴蒂（Authur Batut，1846—1918）的摄影作品。此外，从奥地利、西班牙、意大利、比利时等国来的教授也发表了最近的一些发现。

摄影活动大受尊重

听完勒马尼的论文后，我们兴致勃勃地准备听下一篇，但接下来的语言都是听不懂的，长时间凝神听同步翻译机，实在是太吃力了！时间渐渐变得难挨，左右张望，眼神呆滞或哈欠连天的大有人在，可我们是“唯二”的东方人，目标显著，只有互相提醒，别打瞌睡。

终于下课了，雀跃地随大家走到演讲厅外的大堂——自助式午餐就设在那里。各种风味的鱼肉、鸡肉、牛肉、猪肉冷盘以及面条、乡村面包、摩洛哥米饭、蔬菜、色拉、葡萄酒、矿泉水和各式果汁，满满地排在几列长桌上，看得人人眉开眼笑！

光是午餐就那么丰富了！每个人才交这么点钱，怎么够三天的吃、喝、旅游？原来杜杰德神通广大，找了许多赞助人：酒有酒商、肉有肉商、奶品有奶品商供应，里里外外负责招呼的十几位工作人员也全都是义

“欧洲摄影历史学会” 会员在水之堡摄影艺廊前合影。（费德利 · 吕帕摄于 1991 年）

CIPALE
SYMPOSIU
ESHP / SEHP / EG

工。这还不说，与会人员在会期前后一星期内，只要出示开会佩戴的名片卡，就可在全法国境内享有飞机、火车等交通工具的折扣优待。

活动虽不在巴黎，背后却依然有文化部、外交部、观光局与民间的大力支援。所有活动环环相扣，东道主的周到与盛情，令所有与会人士莫不对法国留下深刻而美好的印象。我还没见过有哪个国家的政府，对摄影活动如此尊重!

用餐时，大家端着盘子走动，边吃边聊。彼此自我介绍时，大家总会好奇地我们为何会在这里，熟了以后，许多人便管我们叫“杜杰德的小朋友”，我们还真是最年轻的成员呢!

餐后，大家分乘两辆大游览车，浩浩荡荡地朝郊外开去。一路上所见，尽是法国的乡村美景。第一站到欧什（Auch）参观大教堂古迹，由当地的观光局负责人接待。

西方各国的文化、艺术与宗教密不可分，教会是文化艺术的传承中心，而教堂就是展示场所。西方人对古迹的保存也向来令人称道。对同行的各国欧洲人而言，建筑外观、内部空间、圣像雕刻、描写先知圣者事迹的油画和玻璃彩绘都有特定的意义，也只有他们能分辨出每座教堂的细微差异。

第二站是到福拉汉（Flaran）参观13世纪的修道院。在此，一家制酒企业——三剑客雅马邑白兰地酒（Compagnie des Mousquetaires d'Armagnac）特别派员来向学会会员们致敬，并颁勋章给学会创始人柯南先生。酒类俨然与法国的文化艺术密不可分，在国际上对摄影有贡献的人，酒业人士竟然会来颁奖，为形象加分的手法不可谓不高明。

仪式简单而隆重。与会人员围在修道院的冥想走廊观礼，酒厂负责人与杜杰德均身罩印有该酒业家族徽章的大黑氅，胸前横披宝蓝色肩带，肩带下悬有金色徽章一面。光是这身行头就唬得人一愣一愣了，更别提那有板有眼的授勋仪式。酒厂代表先演讲恭维杜杰德一番，再由杜杰德与酒厂代表分别对柯南的事迹加以表扬，再慎重地为他披上肩带。

最后，企业主从一个金光闪闪的盒子里捧出一瓶年份非常久、非常珍贵的白兰地酒，用水晶杯为披着大氅的每位贵宾浅浅斟上一杯，一齐共同举杯，典礼才算大功告成。看他们神圣地啜上一小口，舔嘴咂舌、摇头晃脑的模样，想必那琼浆可比王母娘娘的蟠桃酒。

在场暗咽口水的不少，所幸下一站参观的又是一家酒厂——卡瑟涅城堡（Chateau de Cassaigne），大家在庄园主人费格特（Faget）父子的亲自款待下，遍尝各种葡萄美酒。

一列排开、各种瓶装的佳酿怕不有几十种，红、紫、黄、绿、琥珀、透明……任人斟饮，味道有甜有酸有涩，无论偏好哪种口味，都可以在这里找到最爱。我们也傻傻地跟着东尝一口西试一杯，不到半个钟头已觉头昏眼花，双眼蒙 ，环视周遭，人人看来都是满脸通红、神采飞扬，就连原本拘谨的几位老先生，也开始对经过身旁的人露齿微笑。酒窖里充满了兴奋的各国语言，且不时冒出爽朗的笑声——黄汤下肚，世界大同!

难忘的晚宴

行程安排得够紧凑了，原以为可在酒窖外面的葡萄园里散散步、醒醒酒，可是大伙儿马上又被请上车，到邻近小镇莱克图尔（Lectoure）参观两个摄影展。

令人惊讶的是，小镇人口没多少，展览厅的设计与设备却都是一流的，作品的内容水平也很高，一个展览的主题是“空中俯瞰”，另一个是“沙漠考古学”。久闻法国的文化活动在全国都平行发展，城乡之间的差距不大，现在亲眼看到小地方的展览也如此严谨、优秀，让人真是由衷地服气。

8 点多了，天还是亮的。游览车开到镇上，就是在这儿的“巴思达”餐厅（Restaurant Bastard），我们享用了一顿令人叹为观止、永生难忘的晚餐！

晚宴由参议员兼市长罗伯·卡斯塔（Robert Castag）主持，其隆重和精致远远超过大家的期待与想象。整个餐厅在当晚被包下来，只服务与学会有关的人士。整个空间被布置得亮堂堂、香喷喷的，每张长桌都有好几位服务人员。侍者们个个亲切、殷勤、光荣无比地微笑着，把每位客人都照顾得无微不至。

而他们只是负责上菜的，另外还有一组精壮小伙子专门上酒，由一位结实的老先生率领。每个人都带着纯朴的庄稼人气息，个个气色红润、精神抖擞、手脚利落、笑容可掬，身着一式白短袖衬衫、深蓝工作裤与布围裙，头上斜戴着蓝色的法兰西帽。

光是欣赏这股快乐的工作劲儿就叫人高兴，他们眼观六路、耳听八方，绝不让任何宾客有空杯的机会。开胃酒之后，每上一道菜都要换酒，甚至饭后的干酪、甜点、水果也要以不同的葡萄酒搭配。美食与美酒的共舞淋漓尽致，到最后由一杯白兰地收尾。整个晚上，香槟、白酒、红酒、甜酒、烈酒轮着出现在手边，也不知道到底喝了多少……

每上一种新酒，领队的老先生就会到每一桌，用骄傲、温柔、像唱情歌那样低声介绍手中那瓶酒的身份，再亲自为所有女士斟上第一回。那张饱经风霜的脸是农夫的脸，但隐约之间又透着一股威严，跟左右同伴一打听，才知他是热尔省（Gers）所有工商企业的工会理事长，而那些面带喜气的小伙子，都是特地从工会成员中挑选出来的呢！不知别人怎么看这件事，我们可是这辈子从没觉得自己这么重要过！

酒都那么丰盛，菜就更别说了。只不过，除了第一道冷盘，其他一道又一道的全想不起来是什么了！也可以说根本不知道吃了什么，因为入境随俗喝下的各种酒，已让酒量不佳的我们迷迷糊糊了！

那第一道菜颜色淡雅，装盘漂亮，味道美得让人连舌头都会吞掉，尝了才知道是鹅肝。姑且叫它“三色鹅肝”吧，浅粉、淡绿、奶黄的三片鹅肝被塑成树叶的形状，一圈不油不腻的肉脂薄薄地圈在外沿，旁边散着十几粒晶莹剔透的肉冻……现在想到还会流口水呢！

其他的主菜、配菜、各类面包，只记得样样精彩，而且邻座同伴不时发出“嗯——嗯——”的赞叹声，盘子上不留一滴残汁。

上白兰地的时候，市长把主厨请出来亮相，一群现代“路易王朝贵族”起立欢呼，用力鼓掌，看来不到50岁的主厨身材微胖，头顶微突，行礼致意的风度翩翩不输帕瓦罗蒂！带着酒意的男女老教授就像十五六岁的少男少女，拿着印刷精美的菜卡请厨师签名，还争相站在他身旁拍照留念。大家都乐疯了！

返回图卢兹已深夜12点多，我们却兴奋得迟迟不能入睡，回味整天的经过，可真是够充实了。座谈会本身的严谨与丰富性自然不在话下，就连余兴节目的安排也可看出法国人的涵养与远见。我们不只是逛，还从古迹中领略到他们的历史、文化、宗教与艺术；我们不只是玩，还见识了比利牛斯山这一带闻名的制酒业，领教了他们精湛的烹饪艺术。

不得不再度强调，再度表示羡慕的是，地方政府对一项只有几十人参与的摄影活动都会如此重视，可以想见，其他较为大众化的文化展演活动，所得到的支持与关注一定更为可观！有机会更深入地了解这个文化大国，实在是我们的幸运。

怀念学会友人

三天下来，会员之间相处得十分愉快，较常凑在一起的有法国尼普斯摄影博物馆馆长保罗·杰（Paul Jay）夫妇、英国塔伯特摄影博物馆馆长迈克尔·格雷（Michael Gray）夫妇、挪威国立摄影历史学院院长罗杰·埃兰森（Roger Erlandsen）夫妇、比利时沙勒罗瓦摄影博物馆（Musée de la photographie à Charleroi）馆长乔治斯·梵希瓦（Georges Vercheval），以及法国文化部视听总督察米歇尔·德拉伯德（Michel Delaborde）。这几位朋友在会期后依旧与我们有联系。

离开法国之前，我们特地从巴黎到索恩河畔沙隆（Chalon-sur-Saône）参观了索恩河畔的尼普斯摄影博物馆。成立于1972年的此馆规模比水之堡大，保罗·杰夫妇二人将其从原是堆满摄影史料的一个仓库，发展成当今全世界最好的摄影博物馆之一。

三个展览厅经年展示跟摄影历史有关的老照片、大师摄影作品以及还未成大师的新锐摄影师作品。其他几个展示厅常设有相机发展史，细数史上最具代表性的机种以及摄影术，从尼普斯本人所拍摄的历史上第一张照片、塔伯特所拍的卡罗式照片、达盖尔所用的相机以及银版相片等，一直到现代科技所摄制的当代作品。

最有趣的就是，这儿还有一个依照暗箱原理改成的黑房间。灯一关，索恩河波动的流水、上面轻晃的小帆船，以及马路上开来开去的汽车、走来走去的行人便通过墙上的一个小孔投射于墙上，像一幅巨大的活动壁画。光的折射原理虽然大家早就知道，但能身历其境的人毕竟不多。我们就好像被关在一个超级大相机里，而墙上的小孔就是镜头。照相机（camera）这个词，正是由拉丁文“黑暗的房间”一词演变的。

保罗·杰夫妇是非常好的人，我们见面时间虽不长，却谈得很投机。

惜别晚宴上，大家举杯欢呼时，期约明年再见，可惜我们一直没空再去参加“欧洲摄影历史协会”。（阮义忠摄于 1991 年）

告别时他表示想在几年内为我举办展览，而我也在个展于 1993 年 9 月举行时重返尼普斯摄影博物馆。

跟迈克尔·格雷倒是不久后又见了面。在他要访问日本时，我们顺道邀请他来台北做了两场演讲。后来文建会主办映象与时代国际摄影艺术大观时，我们也代其邀请格雷来担任评审。为了将台湾摄影介绍到欧洲去，我们还一起花了很多时间筹划台湾摄影巡回展，为此还特地去了一趟英国，可惜后来计划胎死腹中。

罗杰·埃兰森夫妇也是与会人员中比较年轻的一对，我们的话题常绕着当代的摄影家打转。身为欧洲摄影学会新成员的他，一见面就跟我们强调，能当上此会会员是一项荣誉，非常不容易。我们这才想到，能如此轻易入会，肯定是杜老爹向大会举荐了我们。

埃兰森夫妇一副“雅皮”派头，穿着考究，热情爽朗，散会后还兴致勃勃地邀我们去临近的一个小镇过两天，因为那儿有一家被“米其林”列为三颗星的好馆子；也是好吃鬼的我们当下答应同行。由于交通不便，他们还打听好了租车与旅馆，没想到最后要订位时，才知道餐厅在我们预定要去的那天歇业。没法多等，我们只有放弃同行。直到今天，一想到他俩，就忍不住猜，那家餐厅到底有多好吃呀？

和乔治斯·梵希瓦是在一次午餐时聊起来的。知道他是比利时人，我表示很喜欢他们的一位摄影家莱昂纳德·米松（Leonard Missonne，1870—1943）的作品。他一听之下大感惊奇，说米松被遗忘了很久，直到最近才又受到国人重视，而他们的博物馆目前就在整理他的作品。对我知道这位比利时国宝，梵希瓦颇为好奇。

我一向有收藏摄影集的习惯，在好几年前就拥有一本罕见的“摄影诗集”，这本书运用画意派摄影作品来搭配几位德国大诗人歌德、席勒等人的诗。当时，我还没在其他地方看过米松的名字。这位摄影家的作品是那么好，却又那么不为人所知，这让我牢牢记住了他的名字。

梵希瓦没有待到会期结束，第二天午餐结束便匆匆回国，因为馆里发掘并负责整理米松作品的年轻助理得癌症已有一段时间，当天进入弥留状态，他要赶回去见最后一面。

回台北之后，我们又通过几封信，主要是为了我的学生梁国龙在他的博物馆举行“世纪之颜”个展事宜。原来，比利时的一位政府官员从《自由中国评论》(*Free China Review*)上看到梁国龙的这辑作品介绍，大为激赏，推荐给梵希瓦做展览。梵希瓦知道作者是我的学生后十分高兴，直呼有缘。梁国龙在当地的展出非常成功，可称为一场优秀的摄影外交。

米歇尔是杜杰德的老朋友，平常话很少，多半是微笑地坐在一旁。他曾对法国摄影政策走向有过决定性影响，使摄影在文化部的地位大大提升。对“阿尔勒摄影节”、水之堡摄影艺廊以及法国大小乡镇的摄影活动提供过不少帮助。遗憾的是,官场斗争使他近年来权力大为削减，终日郁郁寡欢，退休后不大爱跟摄影圈联络。

米歇尔曾来台为映象与时代国际摄影艺术大观的摄影比赛担任评审，而他的彩色摄影拼贴作品也在《摄影家》杂志第二期介绍过。我们后来去巴黎也跟他会过两次面，只可惜现在人已不知去向。

而我们与杜杰德的缘分，可说是最深最久，也让我们最为珍惜、怀念的。他因映象与时代国际摄影艺术大观的邀请而把《水之堡摄影典藏品》精选来台展出，而我当时苦于台湾没有一本杂志能给如此精彩的展览做像样的介绍，便干脆把多年来的梦想提前实现。《摄影家》杂志便是因为如此，在“水之堡典藏展”来台前夕，于 1992 年 4 月创刊。至今，我一直视杜老爹为我的精神导师。

也许明年吧

第二、第三天的行程仍是上午研讨，下午造访名胜。叫人特别难忘的地方，包括位于阿尔比（Albi）的圣塞西尔大教堂（Cathedrale Sainte-Cecile）、罗德列克美术馆（Musée Toulouse-Lautrec），以及位于朗格多克-鲁西永（Languedoc-Roussillon）的卡尔卡松（Carcassonne）。

圣塞西尔大教堂建于13世纪，是精美绝伦的哥特式风格，砖石结构，至今仍保存完好，拥有法国最大面积的文艺复兴时期绘画。成立于1922年的罗德列克美术馆之前是教皇宫殿，拥有关于这位传奇人物的全球最大收藏，超过1000幅的作品大多是其母罗德列克伯爵夫人生前的捐赠。卡尔卡松则是现今欧洲最大、保存最完整的中世纪防御城堡。

每一天的每一刻都让人毫不虚度，美妙的视觉、听觉、触觉、味觉感受，只能用高潮迭起来形容。最令人激动的就是最后一天的惜别晚宴。用餐地点非常特别，是与水之堡摄影艺廊一河之隔的图卢兹艺术学院画廊。整个空间张贴、垂吊着水之堡自1974创立以来的展览大海报，餐桌在长廊中、海报下的两面墙边一字排开，宾客们仿佛也成了展出的艺术品。

研讨会办得如此成功，杜杰德功不可没，所有与会人员都特地表达了对他的感谢。大家轮流举杯向他及夫人贾克琳致敬，从他们的表情就可体会，杜杰德在欧洲摄影界有多么被敬重。用餐气氛明显比前两天凝重了点，比起昨晚在露天大花园里的悠然，这儿多了离别前的伤感。此外，浓浓的学院氛围也让人不忘，大家是因学术相逢，因理念而聚。

最后，众人一一为每个国家和地区祝福，高声齐呼万岁：“Viva La

France! Viva La Grande Bretagne！ Viva l’ Espagne...”当然也少不了“Viva! La Taiwan”！

晚宴在依依不舍的氛围中结束，大家交换名片，相约明年爱丁堡再见。当时的我们感觉一定会再去，却没想到这次盛会所成就的工作接二连三，使得我们一年比一年忙，一直没法再参加欧洲摄影历史学会的任何活动。

缴交今年会费时，我们想象着这一次的活动盛况，想象着那些友善朴实的朋友。好想再去看看他们啊，也许明年吧……

平时阿尔勒是个沉睡的城市，摄影节一到，就变成全世界最热闹的胜地之一。
（阮义忠摄于 1991 年）

阿尔勒国际摄影节记行

阿尔勒摄影节的全盛时期

尽管每年7月在法国普罗旺斯地区举行的“阿尔勒国际摄影节”已不再吸引我们，但几年前在阿尔勒全盛时期所做的两次造访，除了见识到法国人如何推动摄影文化外，亲身经历的点点滴滴也依旧鲜明。

1970年开始的阿尔勒摄影节，最近几年无论在国际媒体或与会人士的评价上，都是“王小二过年，一年不如一年”。这个全世界最早、规模最大、影响力最广的摄影节，已因失去大部分的赞助来源，而逐渐步入衰老期。各界对展览以及活动质量的怨言越来越多，摄影节即将停办的传说也越来越盛，甚至在去年就有“第25届是最后一届”的说法。

今年，有关第26届活动的新闻稿依旧发布了，但主题走向与节目内容让人大感不解，也使关心此摄影节前途的人为其原始精神的荡然无存而扼腕。

今年摄影节的艺术总监米歇尔·努希萨尼（Michel Nuridsany）原为一名摄影评论家，经常对阿尔勒摄影节提出严苛批判。现在轮到他掌舵，没想到新闻摄影与纯摄影的项目完全被剔除，代之以工商企业和婚纱方面的应用摄影。光从此现象就可断言，“阿尔勒”已不再是“阿尔勒”了！算我们运气好，能在阿尔勒摄影节的黄金时代见识到她的风采。

阿尔勒国际摄影节创办人卢西恩·克拉格在他家以断了弦的小提琴，仿《G 弦之歌》拉了起来。

1991年，我们从图卢兹来到阿尔勒，抵达小城的第一件事就是要告诉卢西恩·克拉格我们已到。然而，打电话询问，他家、摄影节办公室以及克拉格夫人尤兰达负责的“梵高基金会”都说不知道他在哪里。

既来之，则安之。我们先打开《米其林旅游指南》了解了一下阿尔勒的背景，却发现这位老兄的名字赫然在列，真是够神气的！小书开宗明义地介绍：

中古时代为罗马人首都及主要宗教中心的阿尔勒，现今依旧保存了光辉的过去。两座出色的“高卢 - 罗马”古迹是圆形竞技场与剧院，罗马艺术的两颗宝石则是修道院和圣汤斐之入口（Doorway of St. Tromphime）。

邻近地区卡马尔格（Camargue）的农业发展，使阿尔勒扮演着农产品市场中心的角色，园艺、绵羊繁殖饲养以及稻米都以其为中心。然而，此城在各种轻工业、商业与文化功能方面也表现卓越。著名的“阿尔勒艺术节”享有普罗旺斯原创性代表的声誉，每年节庆都推出高质量的民俗展示、演奏会、歌剧、舞蹈和戏剧活动。“卡马尔格斗牛节”也依旧延续着多年传统。

一年一次，由当地出生的著名摄影家卢西恩·克拉格所创立的“阿尔勒国际摄影节”均会举办一系列高质量摄影展和活动。此项目以及于1982年创立的“国立摄影学校”（I'Ecole Nationale de la Photographie），使阿尔勒成为摄影首府之一。

第二天一睁眼，我们又打了几通电话找卢西恩，还是没成功，只有带着他给我们的几个地址，依照旅馆提供的摄影节资料和地图一一寻去，顺便了解一下各活动的举办场所。

全民皆摄影

多隆恩河由北而南流过，将阿尔勒一分为二。整个城很小，以建于罗马时期的圆形竞技场及旁边的罗马剧场为中心，所有街道向四方辐射，曲折迂回，逛上个把钟头就可有清楚概念。走着走着，街上人渐渐多起来，从胸前挂着的相机、手上提着的相片保存匣，就可知道他们是来参加摄影节的外地人。大街小巷的海报、广告牌、临时展览场也一一就绪了。几乎每个巷口都有一人高的路标竖立着，指示人们最近的展厅怎么去。

用“全民皆兵”来形容节庆期间的阿尔勒，一点也不夸张。法国人在七八月习惯到外地度假，许多店家门口都会挂着“九月再见”的牌子，阿尔勒的生意人则不，个个摩拳擦掌，笑脸迎客，准备在摄影节期间大发利市。

每个店面都配合主办单位，在入口、橱窗贴上摄影节的标志及展览海报。有些露天咖啡座干脆就开放场地，每桌一幅照片地成了临时艺廊。那种摄影即生活、生活即摄影的现象，叫乍到此地的摄影人不感动也难！而成千上万来自全球的摄影人，回报此城的方式，便是让她旅馆全满，餐馆、酒馆、咖啡馆座无虚席，书店、商店川流不息。

那一年是哥伦布发现美洲的第500年，因此当届主题是“发现”，展出内容以中南美洲摄影家的作品为主。大部分展览厅在没正式开幕前都不让人进，我们就每个地点都试着先找找看，熟悉一下，以免遗漏大约16个场子中的二十几个大展厅。

蒂娜与爱德华

逛到一个种满五颜六色鲜艳花朵的四方庭院，也就是“梵高空间”

（Espace Van Gogh）时，看到一些人进进出出地在布置会场。进去一看，墙面贴的字样显示此乃当届大展之一——“蒂娜·莫多蒂和爱德华·韦斯顿：墨西哥之旅”（Tina Modotti & Edward Weston：A trip to Mexico）。

才在纳闷，明天摄影节就要开幕了，怎么现在还在布置？一张熟悉的脸孔突然出现在眼前——正是找了大半天的卢西恩。满脸倦容的他跟我们拥抱问好，手向身后一挥，说道：“这个展览是我负责的，直到最后关头才把韦斯顿最重要的几张作品从纽约现代美术馆借到手。只有短短几天来为展览重新编辑、布置，我已经两个晚上没睡觉了，直到刚刚才布置好。你们既然来了，就先看看吧！”

一边墙挂着爱德华·韦斯顿的作品，一边墙挂着蒂娜·莫多蒂的作品，当中一个玻璃柜摆着彼此写给对方的情书。蒂娜于1896年生于意大利的乌迪内（Udine），跟随家人移民到美国旧金山。成年后搬到洛杉矶，在那里遇到了富于影响力的美国画意派摄影家爱德华·韦斯顿。那时她25岁，他比她大10岁。1921年在墨西哥，蒂娜是爱德华的学生、缪斯，以及由迭戈·里韦拉（Diego Rivera）掌控的艺术圈引导者。回到美国之后，却是一切都变了。爱德华烧掉画意内容的底片，开始拍蔬菜、灰狼岬的岩石以及浴室等题材。

这个展览把两人在墨西哥的爱情与艺术，以缠绵悱恻的书信及动人的影像做了最浪漫的呈现，观之令人动容。

卢西恩问我们感想如何，我们据实以告：“太好了！你的辛苦是值得的。”他耸耸肩，做了一个“小case”的表情，说：“还有的忙咧！每年一到这个时候，世界各地都有朋友来。我一下子法文，一下子英文、意大利文、西班牙文、德文……头都快昏了！”

说着说着，几位达官贵人和一群新闻记者风一样地走进来参观。

独自在草地用餐的考德尔卡终于被发现了，于是他只有再找地方躲。(阮义忠摄于 1991 年)

效率专家卢西恩一边挥手招呼客人，一边掏出他的名片，在上面写了几个字，让我们到摄影节接待处去办贵宾证。有了那张证件，我们就可在所有场合通行无阻，并参与限制人数的集会。

大会登记处组织得非常好，所有与会者因身份不同（摄影者、记者、杂志、美术馆、艺廊、参展者、赞助者……）而取得不同颜色的证件。证照现场拍摄，加上头衔、姓名在计算机上处理好后，直接由打印机输出，再每人发给一袋厚厚的资料。由于我们的资料袋里被多放了几张晚宴邀请卡，使我们有幸见到了一些心仪已久的摄影大师。

参展的摄影大师通常会出席自己的展览开幕，之后就尽可能地躲起来或提早离开，因为在这里他们就像超级巨星，走到哪儿都会引起一阵骚动，到处被人包围、追逐。

抢镜头和躲镜头的都是拍照的，围观的也是摄影工作者。这种情景坦白讲，除了滑稽、荒谬，还令人有点不自在。每个人都可在别人身上看到自己突破重围或争先恐后抢镜头的表情、动作，而那一面通常是极不可爱的。

爱流浪的考德尔卡

摄影节的开幕晚宴非常盛大，丰盛的自助餐露天设在古罗马剧场里，各种餐点奢侈地摆满由十几张长桌拼成的长龙上，桌面所有空隙都被酒类和其他饮料占据着。在摄影节的全盛时期，活动经费多到吓死人的主办单位，就像电影中描述的古罗马君王一样，慷慨地怂恿宾客们狂食纵饮。而周遭那古罗马遗迹的圆柱与残垣断壁，还真让人有时光倒转的错觉。

普罗旺斯的夏夜，天空仿佛永远不会暗，夜越深，天空就越蓝。在一根石柱后面的草地上，一个人孤独地盘腿而坐，很认真地吃着瓷碟里的食物。他一头乱发，满脸络腮胡子，一件脏脏旧旧的草绿军服夹克——不正是一向不轻易露脸的摄影大师约瑟夫·考德尔卡（Josef Koudelka）吗？没错。我们趋前致意，他举杯点头微笑。

那时我们的摄影家出版社才刚出版了法兰克·霍瓦特（Frank Horvat）的《摄影大师对话录》（*Entre Vue*），里面有一篇考德尔卡在近 20 年来所接受的第一次专访。我们的话匣子由此打开，他态度和蔼，话却很少，微笑、聆听时居多，不知是害羞还是懒得搭讪。

传闻中的考德尔卡，生活方式就像自己一辈子最钟情的摄影主题——吉卜赛人一样，随身带个睡袋，四处流浪，处处为家。一辈子粗茶淡饭的他，从来就是只愿为自己的兴趣而拍。许多欧洲朋友提到他，在赞叹其苦行僧式的工作精神之余，也会加上一句："脾气的古怪也相当少见！"

当他结婚时，大家都以为他的生活会开始正常了。没想到，当女儿长到六七岁时，他还是离婚了。平常跟着母亲生活的小女儿，那年也在阿尔勒跟他相处了几天。

在 1985 年出版的《当代摄影大师》一书中，我写过一篇有关考德尔卡的文章。那时的我还没去过欧洲，对考德尔卡的了解全来自于他的《吉卜赛人》摄影集以及瑞士 *CAMERA* 杂志以他为专号的那一期。关于他的文字资料只有一篇，是他在还没成为国际知名人物前，于祖国捷克所接受的一篇采访。

由于他的个人资料不足，我把撰写这篇文章的角度偏重于影像的开创性。在新闻摄影史上，考德尔卡可说是新一代的宗师——他的照片戏剧性强烈，再平凡的人于他的镜头之中，都会将一生的尊严在刹那间放出光彩。

那一届的阿尔勒摄影节并没展出考德尔卡的作品，倒是在临近的小镇尼姆（Nimes）有个会外展，展示着他的“吉卜赛人”系列。此展览加入了一些很少曝光的作品，因此吸引许多人搭乘主办单位安排的大型游览车前往。

考德尔卡在我心中一直有很特别的分量，在阿尔勒能见到他本人，对我的意义极大。

出尽风头的萨尔加多

在同一年，我们也有幸见到了另外一位大师——红极一时的萨巴斯提奥·萨尔加多。

原籍巴西的萨尔加多是那年摄影节最出风头的人，作品《另一个美洲》自然也是当届的重头戏。那充满人道精神的摄影作品被布置在一所教堂里，让悲天悯人的影像更富宗教意味。

十年前，摄影圈还没他这号人物，但如今他的气势与声望已远远超出了一些前辈大师。在阿尔勒期间，只要他一出现就会引起骚动，接着人潮就会朝他涌去。

50岁不到的萨尔加多头发稀白，看起来比实际岁数要大。他美丽的夫人蕾丽亚和10岁的智障儿总与他形影不离，看得出家庭生活相当幸福。蕾丽亚的能干是出了名的，她不但是萨尔加多所有影集的图片编辑，也是所有展览的组织、营销者。萨尔加多的成功，蕾丽亚居功甚大。

萨尔加多也是个话不多的人，几乎所有问题都由身边的夫人代答。他最常做的事，就是摸摸儿子的头，或是蹲下来跟儿子聊天。观察他和爱儿之间的关系，可以了解他作品中那股救赎的力量来自何处。

那时，大家都已听说了萨尔加多伉俪正在筹备一个大型展览，名为“工人”，计划庞大，全世界从事不同行业的劳工阶级都会被尽可能地呈现。社会主义意识极强的萨尔加多，拍这个题材真是再适合不过了。

两年后，这个数百张作品的大型展览和同时出版的专书果然轰动一时，令全球摄影界大为折服。萨尔加多的事业达到前所未有的高峰，同时也离开待了多年的马格兰图片社，自立门户，由蕾丽亚一手负责将他的作品推广至全世界。

在这个展览的筹备期，我们和蕾丽亚通过几封信，获得她的同意，把台北列入未来“工人”世界巡回展的一站。谁知把线牵好之后，却因为公家单位做事拖拖拉拉，硬是把千载难逢的一个好展览弄得不了了之，想到就令我扼腕!

重受肯定的马丁·昌比

摄影节的展览实在是太多了，短短几天，即使是走马观花也不容易。影像多到某个程度之后，会觉得眼睛都看疲了、看伤了。

老实说，除非是特别强的作品，一般展览很难让人留下任何印象，目光扫过，几乎不会有任何感觉。到最后，甚至会让人想逃避这些铺天盖地的影像，只想看天空、水面或单纯的风景。当然，像我们这样认真观赏的人不多，这也是为什么一些展场水泄不通，但更多展场却门可罗雀的原因了!

此时回忆，在这么多的展览当中，也只有几个依旧令人印象深刻，尤其是重新受到肯定的秘鲁摄影家马丁·昌比（Martin Chambi 1881—1973）的作品。

第22届的阿尔勒国际摄影节以“发现”为主题，介绍中南美洲摄影。其中又以秘鲁摄影家马丁·昌比为压轴大展。

摄影节是这么推介这个展览的：

昌比的作品是非凡的。在他身后，约有18000件照片被登录，其中的11000张是玻璃版。以他在世的年代而言，这数字是很惊人的。昌比的摄影焦点是秘鲁，更确切地说，是个叫库斯科（Cuzco）的地方及其周围地区。从1920到1950年之间，昌比完整记录了一个年代的风俗、建筑、景观与秘鲁民众的日常生活。

昌比的工作室也是传奇。这位“光的手艺人”和林布朗的仰慕者，发明了氛围光新的清晰度。他不断实验自然光与人造光的密度，用镜头捕捉了库斯科社会的每一个阶层。

热爱大自然，且深深地被土著文化所吸引的他，曾踏勘印加帝国（Inca）活跃的秘鲁安第斯山区。身为印第安人后代的他，在揭露奎其瓦印第安人（Quechua Indians）过去与现在生活方式的同时，也为其辩护。

这位孜孜不倦的摄影家把明信片也引进了他的国家。这个世界正是经由他制作的明信片而得知在20世纪交接的年代里，有关库斯科与马丘比丘（Machu Picchu）的种种资料。

1950年的一场大地震摧毁了这个区域，使这位快活而狂热的人为之绝望，进而逐渐放弃了摄影。马丁·昌比被认为是拉丁美洲最早的摄影家之一，遗留给人类异乎寻常的艺术与文化遗产。

记得第一次看到昌比的作品，是在西班牙巴塞罗那的卡塔鲁那自治区。当地的文化部出版品展示中心有一本刚出版的马丁·昌比摄影集。尽管我一向有广泛收集世界各国摄影集的习惯，但这个名字却从来没听过。他的作品，当下就令我极为震惊之极!

有时候，一个人诞生的地方不对，命运就会很不同。像这么了不起的摄影家，若是生长在欧美，早就集四方荣耀于一身了。但身为秘鲁这样的发展中国家的一员，若非那年阿尔勒摄影节的重点放在中南美洲，昌比的作品不容易有机会在国际舞台如此隆重地亮相。

魔幻写实摄影家伊托碧黛

另外还有一位我心仪已久的墨西哥女摄影家格拉谢拉·伊图尔维德（Graciela lturbide）的作品回顾，也令我回味再三。

生于1942年的伊图尔维德原本是建筑师，曾担任墨西哥具影响力的摄影家曼努埃尔·阿尔瓦雷斯·布拉沃（Manuel Alvarez Bravo）的助手十年，在该国摄影界有领导地位，也是当代摄影家中最专注于新闻摄影的人士之一。

她所拍的有关墨西哥日常生活的照片，焦点放在仪式以及基督教偶像崇拜的混合上，叙述既是天使又是乞丐的孩童故事，以美洲大陆文学中常见的“魔幻现实主义”（magic realism）手法处理现实世界。

同样的脉络出现在她对死亡仪式，和前巴拿马总统托里霍斯（Torrijos）的友谊，移民旧金山的“丘罗士”（Ghulos）墨西哥人的故事，以及她和墨西哥女性的同胞情结上。

伊图尔维德一直是我上课必介绍给学生的一位风格强烈的摄影家。她的作品有一种紧张的气氛。人物和环境、光线和景物、事件和时空都充满矛盾的关系，好像在她按下快门的那一瞬间，现在、过去与未来都同时存在于她所选择的画面里。

在当今全球众多摄影家中，格拉谢拉·伊图尔维德是作品极容易辨识的一位。有机会看到她的原作，原先的敬佩之情又加深了许多!

塞尔希奥·拉腊因的“瓦尔帕莱索”

值得一提的，还有智利摄影家塞尔希奥·拉腊因（Sergio Larrain）的展览“瓦尔帕莱索”（Valparaiso）。

> 环绕南美洲南端海岬（Cape Horn）的所有船只，在横过麦哲伦海峡（Strait of Magellan）时，从船上发出来的第一个呼叫声就是“瓦尔帕莱索”。瓦尔帕莱索是一个港口，经过几个月不确定的航行后，水手在此爆发他们对生命、酒精和性的渴求。
>
> 塞尔希奥·拉腊因刚开始拿相机就是在这里拍照的；1957年发表的《女孩们下楼来》，就是他那特殊风格所呈现的第一个成果。
>
> 拉腊因于1959年加入“马格兰”，并决定与诗人巴勃罗·聂鲁达（Pablo Neruda）合作一本有关瓦尔帕莱索的书，但此书从未完成。
>
> 拉腊因全神贯注地拍摄这个城市，让瓦尔帕莱索白天与夜晚的美毫不设防地展现。摄影家自己也因此而得到解放。他用“手里握着的长方形”捕捉了若不是他，我们就无法看见的现实片断。这些自由的表达有时会使人不安，却也最能为拉腊因的凝视下定义。

拉腊因的照片粒子很粗，拍照的方式也很即兴，构图更是不按常规，大部分都是利用大广角镜头，将近景和远景的透视感做不合理的夸张。尽管身为“马格兰”的一员，他的作品曝光率却非常低，低到令人不晓得他是“马格兰”成员。

为了这个展览，他终于为瓦尔帕莱索出了开本小小、薄薄的册子。从外观看来，实在很难令人相信那是本摄影集。然而，展出的每张作品都被放得很大，原先那种粗糙的粒子被加倍强调，使画面里的海港景色弥漫着一股令人眩晕的氛围。

在那届阿尔勒摄影节，拉腊因的作品并没引起太大的注意。即使是一个最具声望的图片经纪社旗下的优秀摄影家，没有其他方面的配合，也很难在世界影坛上崭露头角。

希望与失望交杂

跟每位来到阿尔勒的人一样，在参观展览之余，我们每天都会看到大同小异的人生戏码在上演，自己有时也不由自主地成了某出戏里的龙套。

在阿尔勒，摄影是艺术，是文化，是理想，是生活方式，但也是商品。这一点并不难理解，摄影节已存在了二十几年，而在现代社会之中，任何没有商业价值的事物，即便能生存，要壮大、持久也是极为困难的。

很多摄影者头一回来到这儿，几乎立刻就会兴奋不已，热情一触即发。周遭的一切，除了摄影还是摄影。在这世上，还有哪里比阿尔勒更让自己有归宿感？

然而，在看到太多同行使出浑身解数，以求媒体、画廊或经纪人青睐时，会不会很快就凉了半截？在看到那么多的好照片就像市场里的番茄、青椒一样摊在那里任人检视、批评，内心会是如何地惶然？在下定决心把自己的心血拿出来亮相时，是否挺得住在整个过程中遇到的有形无形的屈辱与折磨？

有位看来蛮活跃，对我们也很友善的美国人，有次聊起来，幽幽地表示："我第一次来阿尔勒时，完全不能适应这里的生态。准备好的作品，到后来一件也没拿出来。"

"但是，"这位乐观、坚强的年轻人接着说，"从第二年起，我就有备而来了。现在，所有的游戏规则我都清楚了！”

我们后来注意到，在短短的会期里，他几乎不放弃任何机会跟可能对他有帮助的人接近，勤奋地出现在每一个重要场合。不晓得他是否成功地为自己争取到了发表或销售作品的机会。

记得我们曾问过一位摄影博物馆馆长对阿尔勒摄影节的看法如何。馆长还没开口，他那直率可爱的夫人便说："要是没有那些拍照的，一切就太完美了！”

全盛时期的阿尔勒，把在摄影领域寻求机会的人从世界各地吸引而来，混杂在这个大缸子里各取所需。拍照的人毕竟比媒体、机构的数量超出太多太多，素质也不一。这对和蔼的夫妻表示，当年与会阿尔勒摄影节，整个会期几乎从早到晚都有应付不完的摄影者。在他们坐着、站着，甚至走着的时候，都有人拿作品前来求教，搞得他们不堪其扰。

市中心一个叫 FORUM 的露天咖啡座是许多与会人员歇息的地方，而阿拉坦旅馆（Arlatan）中庭，就是后进拿照片请前辈指教之处。这也是摄影艺廊或经纪人发掘新秀的场所，在摄影节期间，俨然成为一个各方人士的交谊中心。

来自西方的穷摄影家们，攒了旅费来到阿尔勒，晚上窝睡袋，白天啃面包，追求的就是那鲤鱼跃龙门、一步登天的传奇。在那里，许许多多等待被发掘的艺术家，尤其是第一次来的，或是危机感特别强的，没头苍蝇似的见到队伍就排，看到人群就钻，有时甚至搞不清楚打交道的对象，就急急忙忙地展开邀约。

大牌摄影师自然老神在在。他们是摄影节的熟面孔，住最好的旅店，上最好的馆子，和老朋友把酒言欢，和同行交换市场情报，从容自在地谈几笔新生意，交几个新朋友。他们携家带眷地来度假，时时沐浴在艳羡的目光之中，给初出道者提供了“有为者亦若是”的丰富想象材料。

视觉冲击与现实冲击

在幻灯片放映会方面，当届一共有 6 场，共放了 12 个节目。内容并不拘于“发现”或“美洲”，“向罗密欧·马丁内斯（Romeo Martinez, 1911—1990，瑞士 *CAMERA* 杂志前主编）致敬”“科学与摄影”“撒切尔时代”“医疗无国界”等，都是其中的节目。

大部分节目其实都已不再纯粹表现摄影。照片在此成了多媒体的一部分，放映节奏及背景音乐喧宾夺主，所有影像在如此搭配之下，都变得零碎而片断。观众接受着一幕幕的视觉冲击，早已把影像的内涵抛诸脑后。

我们并没有观赏每场晚会，仅参加的两场，都被卢西恩硬安排到第一排与他和市长等贵宾同坐，很让我们见识了他的霸气跟在阿尔勒呼风唤雨的本事。

卢西恩办事能力之强为摄影家中少见，人更是聪明得不得了。26年前，他与其他几位先生一手策划并创立了阿尔勒这个摄影王国，将摄影推向市场大众。他深谙各种公关造势之道，也熟稔一切市场通路，在摄影景气好的时候，吃香的喝辣的，风光了好些日子，但也不免为自己树立了一些敌人。

有一天看完晚会，我们信步随着卢西恩到附近他家里小酌一杯。那位年轻的美国摄影家也带了两三位同伴靠过来，想借着一路上跟我们聊天，顺势也混去卢西恩家。

我们早知他想结识权大势大的卢西恩，却也不想点破。没想到行至克宅，卢西恩先让我们进去，转头对其他人说：“对不起，你们没被邀请！”然后就毫不客气地把大门砰的一声关上了！

或许这也是“摄影节文化”的一部分，却让我们的心中百味杂陈！

点石成金的莱博城

在阿尔勒那几天，卢西恩虽忙得不可开交，但依然极尽地主之谊。除了邀请我们去他家的私人晚宴，还开车带我们去莱博（Les Beaux de Provence）以及毕加索生前常去创作陶艺的一个窑场。此外，生平第一次见识的斗牛，也是那年他请我们在阿尔勒古竞技场看的。

莱博是一个不能不提的妙地方。小城坐落在两百多米高的岩脊上，公元前5世纪居住于此的凯特人将之命名为Bau，意思是普罗旺斯的陡峭岩石。据说，其北方的地狱谷（Val d' Enfer）就是触发但丁写《神曲·地狱篇》之处。

它曾是要塞，但于12世纪被废弃。19世纪中叶，有人在那片光秃秃的山头上发现铝土矿，经过长时间、大面积的开采，矿土于20世纪末完全耗尽。世代在此落脚的十几户居民，只有靠凿山挖壁卖石块营生，日子过得捉襟见肘。有一天，石头城来了个“点石成金”的活神仙，竟让这些人家全成了大富豪。

这一点也不是神话。活神仙是位极有创意的建筑师，取得居民的信任后，他把所有采石场做了一番规划。石头尽管挖了朝外卖吧，可怎么挖就有讲究了，必须照建筑师的规划挖。

就这样，一边挖一边变出了一座教堂，一边凿一边创造了一座歌剧院……接着，酒窖、餐馆、咖啡厅等也慢慢成形——统统都是从岩石山中挖成的。

深邃辽阔的空间令人心旷神怡，既古典又现代的格局令人着迷。最优秀的音乐家和表演艺术家在此演出，一流的多媒体秀在此上映，顶尖的厨师在此献艺……观光客络绎不绝。光是停车场的收入，就能让地主笑花了脸。

我们那天到这里已近傍晚，由于当晚卢西恩要在家开派对，不能多逛，只能领着我们在城郊走走，同时听他叙述莱博如何脱胎换骨的故事。同行的还有两位来自南美的乐师和歌手，卢西恩替主办单位把他们邀请来，在其中一天的晚会中表演。

走着走着，来到一个竖着两三座石墙的空旷采石场。远看还以为这里面一堵堵的石墙都是大石块堆成，走近才晓得，每堵墙都是石山的一部分，巨大的墙面是经过一大方块一大方块凿取、切割后的面貌。

天高气爽，头顶蓝天白云的我们，仿佛置身于古希腊的废墟之中。那位年轻歌手一时兴起，爬上一面平坦有如舞台的石块，张开双臂，引吭高歌了一段优美万分的歌剧。靠坐在石堆之中的我们，聆听着有如天籁的歌声，恍惚之间，分不清自己是在普罗旺斯还是外星球……

临别祝福

当天晚上，卢西恩在家里大宴宾客，总共请了三四十位他的老友或与业务有关的各路神圣。其中包括法国文化部官员、柯达美国和法国总裁、意大利出版集团老版、德国“科隆摄影博览会”创始人、“马格兰”总裁等。

卢西恩是个品位极高的人，家中布置自非等闲，又大又舒适的屋子里，除了典雅的家具外，还放满了艺术收藏品。触目所及，全是世上名气响亮的画家、雕塑家的作品。光是毕加索的画、雕塑与陶艺，客厅里就有好几件，因为毕加索在世时，是卢西恩二女儿的教父。

卢西恩说，他拥有的所有艺术品都是人家送他，或是他用自己拍的照片与艺术家本人交换的。艺术无价，在这儿的确可以得到佐证。想想看，照片可以换到毕加索、夏卡尔的原作啊！怪就怪在，墙上未见任何摄影作品。

自助式的晚餐是在二楼中庭的院子里摆开来的。主人特地请了一位摩洛哥厨师烹煮摩洛哥美食——小米和羊肉、烤鸡等。看得出来，克府经常宴客。贵妇模样的卢西恩夫人与两个貌美如花的女儿，优雅至极地穿梭在客人之间，举手投足、言语笑容之间，分寸掌握得分毫不差。吃喝，谈笑……那一夜就在主、客都非常尽兴的情况下圆满结束。

隔天，也是我们在阿尔勒的最后一天，卢西恩招待我们和意大利摄影家佛朗哥·丰塔纳（Franco Fontana）与几位其他友人看斗牛。皮肤晒成古铜色的丰塔纳热情豪爽，夫人是典型的意大利美女，时髦艳丽。他的摄影事业非常成功，是来阿尔勒朝圣的年轻人的偶像。

阿尔勒的斗牛表演，情形大致与本书之前描述的塞维利亚斗牛相同。只是阿尔勒的场面比塞维利亚更华丽，噱头较多，带给我们的震撼也更大。毕竟，在此之前，我们只从电影上看过斗牛，拍得再逼真，与令人战栗的现场终究有差距。

那生平所看的第一场斗牛，令我们极为不忍，还没终场就先行离去。和卢西恩打招呼时，他正拿着相机在场子里跑来跑去地抢镜头，笑呵呵地与我们挥手，银白色的头发在金色阳光下飞扬，看来十分可亲。在创作中的他，显得单纯又快乐。

聪明绝顶、精力充沛的卢西恩非常精干，又非常复杂，在台北和阿尔勒看到的他，时而感性，时而理性，时而热情奔放，时而冷酷异常，时而温柔细腻，时而犀利跋扈，变化快得让人跟不上。想到他来台北时，曾跟我们谈及童年时期与寡母相守的贫苦和青年时期形单影只地力争上游……

在阿尔勒的所闻所见，让我们不得不佩服他的能力，同时，衷心希望他会有个福厚的晚年，不必永远都像陀螺一般地在名利的圈圈里打转。

再访阿尔勒

尽管阿尔勒国际摄影节的影响力逐年减低，但她带给全世界摄影人士的影响和启发都是不可磨灭的。

拍了20多年照片的我，第一次去阿尔勒时，特别关心摄影者的处境，也很能体会他们的心境。没想到第二年再去阿尔勒，我成了个办杂志的人，并且配合当届摄影节，出了一本专刊（《摄影家》杂志No. 3“Arles’92特辑”）。世事变化，我们第二次再去阿尔勒，观察事情也有了不同的角度。

因为这个缘故，我们在阿尔勒所经历的事情，就和上一次大不相同了。上一回是观察、玩耍的性质大，这一回可是结结实实来干活的。

筹备阿尔勒摄影节专号

决定做这本专号时，时间已经非常紧迫了。幸好，我们驻巴黎编辑法兰克·霍瓦特（Frank Horvat）是个效率奇高的人，同时也拜传真机以及国际快递服务所赐，让我们在短短两个月之内，不但把杂志编好、印好，还空运了1000本去阿尔勒摄影节会场。除了作为摄影节的公关刊物，也是我们这本杂志在国际上的正式露脸。

现在回想起来，那阵子的忙碌与紧张，真是和打仗没什么两样。

摄影节的公关处在巴黎，从他们寄来的资料显示，那一届的摄影节并无特定主题。此外，所展出的内容也比上一届要逊色。我们得到了充分配合，可以自由按喜欢的方式编这本专号，不必迁就主办单位。考虑之下，我们采用了当届最受瞩目的三个大展为素材，作者包括已逝的西班牙国宝——荷西·奥尔蒂斯-埃查圭、英国新闻摄影的重量级人物唐·麦库林（Don McCullin）以及英国年轻一代摄影家中蹿红极快的马丁·帕尔（Martin Parr），此外，再加上那时还在世的台湾本土摄影家张才，以及大师威廉·克莱因的专访与作品。

作业初期，外国人对智慧财产权的保护周到，着实让我们手忙脚乱了一阵子。首先，埃查圭的家属只愿意让大师的作品在阿尔勒展出，不允许媒体披露。因此，纵然我们已有从其他渠道得来的高质量作品复制正片，也不能使用。幸好巴黎“观察图片经纪社”（Agence VU）的总裁克里斯蒂安·柯若勒（Christian Caujoll）费尽千辛万苦，及时取得埃查圭50张影像的代理权，这也使我们的刊载计划露出了曙光。

柯若勒很愿意让我们使用这些照片。问题是，我看中的好几张精彩作品都不在这50张范围之内。虽然求好心切，想呈现埃查圭最好的作品，无奈一再努力还是不得其门而入，只有就这50张影像重新挑选、编辑。更可惜的是，图片社寄来的复制作品，质量不是很好，但迫于时间逼近，也只有无奈地用了。

唐·麦库林的情形也很特殊。他在几十年的摄影生涯里，所拍的照片都一定要由自己亲自放大。在暗房里的他就像修道院的僧侣一样，进行的不只是技术工作，还是心灵苦修。他放照片的速度很慢，直到摄影节逼近都还没放完展览照片，更别提给媒体的制版材料了。

最后，在“联系图片经纪社”（Contact Press Image）总裁罗伯特·普莱奇（Robert Pledge）的协助下，在巴黎所能搜罗到的麦库林作品用快递寄给了我们。打开包裹时，我真是感动极了，因为每张照片都是展览尺寸，用的是百年保存的纤维纸基相纸，而不是一般专供印刷用的制稿照片。由此可见，我们的杂志是如何被国外的专业人士看重。

马丁·帕尔的材料比较好解决。他是“马格兰”的储备会员，跟总部接洽后，非常适合印刷制版条件的复制正片，很快就由快递寄达我们手中。

《摄影家》风头健

一切安排妥当。等我们到阿尔勒时，法兰克和夫人维荷妮克已经在等我们了。爱摆派头的法兰克为我们两对夫妻订的是既不舒服又昂贵的“阿拉坦”（Arlantan）旅馆。“因为，最重要的与会人士都住这里。虽然贵了点，可是联络事情方便！”

阿拉坦是由古迹改成的，在摄影节期间不但一房难求，店家还会挑客人。传统上，阿拉坦提供的露天中庭与后院，会作为摄影节各方人士的交谊场所。在这儿，初出道的摄影家捧着照片来求教，媒体机构与经纪人则是趁机物色新秀。在摄影节期间，阿拉坦俨然就是个小市集。投宿这儿的确很神气，不过，不得安宁之感也油然而生。

抵达阿尔勒那天已是摄影节前夕，一见面法兰克就告诉我们，航空货运寄送的杂志、海报都已安然抵达，只等派送。主办单位的所有人都忙得人仰马翻，不能提供任何支援，我们一切得自求多福！

法兰克不但是极优秀的自由摄影师，也是写文章的一把好手，组织和执行能力更是没话说。在我们的招待之下，他带着夫人来为杂志做公关、找材料；在为我们翻译之余，也顺便为自己接洽几件工作。以法兰克在法国摄影界的声望与资历，自然不能要求他放下身段与我们一起干活。

好在上回来过，一切不陌生。内人和我领着那时才11岁的儿子，一家人赶紧开始部署。

首先，所有杂志得送交大会的印刷品控制中心，由他们统筹分发到各展览据点、书报摊。我们徒步徒手把一箱箱杂志搬到几条街外的收书地点，然后走遍阿尔勒的大街小巷贴海报。由于海报讨喜，经常前脚贴完，后脚就被人撕走，搞得我们又要补贴。一路上不时有年轻人跟我们要海报，我们也欣然地送出一张又一张。

上次见过的熟面孔再度出现在街头。欧洲人旅游方便，不需办任何手续，就可像在自己国度那样随时出入他国。很多摄影人干脆把每年7月到阿尔勒当例行度假，在摄影节期间看到的欧洲人比美洲人多多了，亚洲人寥寥可数。

当年去阿尔勒的东方人很少。1991年，除了我们，只有几位日本人。第二年去，黄种人就多了些，最引人注意的就是七八位韩国摄影者。他们携带作品组团而来，由一位住在巴黎的韩国籍女士当翻译和经纪人，颇有计划地带着他们推销作品，只是看起来效果不彰。另外，我们也遇到了几位由台湾去的留法学生。

我们的杂志很快吸引了与会人士的注意，看到许多外国人手里拿着《摄影家》在翻阅，感觉真是好！消息传得很快，走在小街上，开始感觉人们朝我们指指点点，有时跟人聊上几句，他们就会好奇地问：“能办这么精致的杂志，一定是有企业在背后支持吧？”我和内人听了，就乐呵呵地互指彼此是“那个大财团”！

之后在阿尔勒的一个礼拜，我们成了很多摄影者追逐的对象，也被一些外国同业另眼相看。也难怪他们会如此惊讶，听朋友说，欧美各国工会力量强大，拍照的不能编辑，编辑的不可设计，设计的拒绝督印，督印的不撰文，撰文的毫无可能搞发行、找广告。像《摄影家》这样的杂志，少于三十个职员办不了。

有一天，法兰克笑花了脸，说："法国文化部摄影文化遗产保存局（Mission du Patrimoine Photographique）的局长皮埃尔·博诺姆（Pierre Bonhomme）来找我，他对《摄影家》大为激赏，希望跟我们合作一期专号。此人平常架子大得不得了，在巴黎想见他一面很不容易，没想到现在他自己找上门来……"

博诺姆举止优雅，学养丰富，是十足的法国知识分子及官场人物。我们跟他在巴黎碰了头，信件和传真来来往往一年后，在《摄影家》第13期推出了《法国文化部摄影文化遗产保存局》专号。替摄影机构和媒体牵线，正是摄影节宝贵的功能之一。

被 *GAMERA* 杂志当成对手

又有一天，法兰克忧心忡忡地说："*CAMERA* 杂志的老板阿谢和总编辑布什要跟我们定个约会，来意不善，认为我们杂志的风格与他们太像，想谈一谈如何避免造成竞争局面。"

对于这点，我们倒不像法兰克那么紧张，甚至还有点受宠若惊。话说阿谢先生可是拥有一个出版集团的大老板，旗下除了 *CAMERA* 和 *PHOTO* 两本摄影杂志，还有体育杂志、妇女杂志等多种媒体，影响力之大，资金之雄厚，自然不在话下。

我们跟他比起来，就像是小虾米跟大鲸鱼。直到现在，老板加员工，最多时也不过六七人。努力办杂志之余，还得兼做一些器材小生意，才能勉强打平收支。

法国 *CAMERA* 杂志是英、法双语对照的季刊，承袭了历史悠久、

已停刊的瑞士 *CAMERA* 杂志的精神，对选材、编辑、印刷和制作的严谨，一向受到我们尊敬。自 1984 年 *CAMERA* 创刊以来，我就一直是忠实订户，怎么也没想到，我办的杂志会被他们当成“假想敌”。

大出版商住在 HOTEL FORUM，约会定在泳池畔的水果吧，时间是下午 3 点。我们准时到达，法国人却故意让我们等了半个多钟头。陪在一边的法兰克如坐针毡，一方面拿我们好处该替我们办事，一方面又怕得罪法国出版界的大亨，半包香烟被他抽得精光不说，空烟盒也被他揉得稀烂。

阿谢和布什还带了一个业务单位的职员。一见面，他们就单刀直入：“我们认为《摄影家》抄袭 *CAMERA*，要是你们只在华人地区发行也就算了，现在跑来法国抢市场，是我们所不允许的。”

我听了顿时火冒三丈，不假颜色地立刻反击：“我们完全是自己邀稿、自己编的杂志，取材跟你们毫不相同。你们有你们关心的范围，我们也有我们努力的方向。我要做沟通东西方摄影世界的桥梁，跟你们光注重西方摄影表现是很不一样的。要说相同，只有开本类似，纸张磅数差不多，印刷品质一般考究。在世界任何角落，都绝不会把这些视为抄袭。”

之后的唇枪舌剑，我们是一步也没让。等不及法兰克支支吾吾地做英、法翻译，我们干脆直接跟对方讲英文。法国人的毛病就是明明懂英语，可是碰到外国人却偏偏只讲法语。

各说各话的谈判当然毫无交集。临散会之前，我的一句话又让他们气得脸红脖子粗。

他们提议卖我们版权，授权我们做 *CAMERA* 的中文版。我马上杠回去：“《摄影家》的水平已经超越 *CAMERA* 了，我干吗要帮你们做中文版？”

《摄影家》杂志第 3 期出版的《阿尔勒摄影节专号》，在大会期间颇出风头。
（阮义忠摄于 1992 年）

又少了一本好杂志

整场谈判记忆犹新，两三个月后，却听到阿谢先生发生财务危机，积欠印刷厂一大笔债务无力偿还，宣告破产。*CAMERA* 转手他人，再出几期后停刊，前后共 39 期。

这本优秀刊物的结束，非但没有让我们高兴，反而越发有孤独之感。在市场越来越狭窄的严肃摄影领域，只要有人继续坚持下去，就是一股力量的存在。哪怕力量再微不足道，也总是一脉香火的延续。

CAMERA 的弃守又再次证明，全球的精致文化已被通俗文化压榨得没有多少生存空间了。在这越来越没胜算的战场里奋斗，每位同志的阵亡，都像是对其他人的预警：下一个也许就是你！我们深深替 *CAMERA* 惋惜，也终于能了解，他们当时想替杂志找出路的无奈。希望有朝一日，*CAMERA* 这可敬的先行者能够复刊。

布什在离开他与克劳德·诺希所创办的 *CAMERA* 后，曾经替水之堡摄影艺廊做了一年展览策划。1994 年 9 月我在水之堡的个展举行开幕时，他也刚好在场。以前有的那点不愉快已经冰释，后来他还替《摄影家》写过文章。

令人敬佩的摄影人

唐·麦库林和马丁·帕尔都跟我们住同一家旅馆，在吃早餐时经常碰面。

麦库林是个非常害羞的人，总是一个人默默地在最角落里用餐。我们只有在第一次见面时多聊了一会儿，平时也就不去打扰他，只是远远地跟他点头打个招呼。用完早餐，他会找个地方避开来，如果有人去找他，他也多半三言两语地就结束谈话，对方也就知趣地告退。

麦库林是位极让人尊敬的摄影家。在我们出版的那本《摄影大师对话录》里，他跟法兰克谈到数十年战地记者生涯的心境，至情至性表露无遗。我在第一次读到那篇文章时，怎么也忍不住眼泪。

马丁·帕尔和唐·麦库林都来自英国，但两人的作风却截然不同。年轻的马丁几乎总是往人多的场合钻，在待人接物时遇强则弱、遇弱则强，毫不含糊。他也随身带来一些尺寸超大的作品海报，四处张贴。我们的海报算是贴得早了，可是每个最佳位置几乎都被他捷足先登了。

这些摄影海报是英国政府所办的一个别开生面的展览的一部分，曾张贴在英国全境的地下铁、公交车站等交通繁忙之处。这些作品因调侃英国中产阶级家庭的品位，而使马丁·帕尔大大地出过一阵风头。这位青年才俊也因此而显得趾高气扬，架子比前辈还大，看起来不可爱。

其实，摄影圈有时也跟演艺圈差不多。即使实力不甚坚强，也可能因题材讨好或包装得当而使一位摄影家突然受瞩目。于是乎，经常可见一些摄影师在当红时不可一世，过了没多久却再也不被提起。而那些经年累月为理想付出、苦守岗位的摄影家，却永远能用作品感动无数人与他们的子孙。

有一天，我们看到麦库林破例跟一位女士聊得比较久，看来像是旧识。法兰克说，那是考德尔卡离婚不久的太太吉尔·哈特利（Jill Hartley）。哈特利看起来纤细而敏感，因长住欧洲而显得比较含蓄，不太像美国人。

我看了她的一些作品，发现她照片拍得非常好。前夫名满天下，知道她的人却不多。率先肯定知名度不高的优秀摄影者，一向是《摄影家》的编辑政策，因此，我也跟哈特利订了约会，回巴黎之后再细看她的作品。在巴黎碰头，让我感慨良多，即使谈公事，她也把女儿带在身边。

由于要赶去另外一个地方，我们还搭了她一段便车。

许多摄影家都是生活拮据的。上了哈特利那辆破旧的小货车，我们才发觉根本没位子坐。小女儿蜷缩在前座睡着了，后座塞满了帐篷、睡袋和一些杂七杂八的露营用具。这景象说明了她生活与工作的方式。几乎和考德尔卡一样，她四处奔波，到处流浪，只不过同时还得照顾小孩。尽管如此，她对摄影的热情依旧不减。

哈特利和考德尔卡为何会离婚，我们不得而知，但想来在天才身边生活并不容易。我很高兴将哈特利最好的一个摄影专集——她前后花了将近十年时间所拍的《波兰》在《摄影家》第 11 期（1993 年 12 月）发表。在同一期介绍的柯特·里克特（Curt Richter）、威廉·罗普（William Ropp）以及在第 5 期（1992 年 12 月）介绍的布鲁斯·基顿（Bruce Gilden）都是那年在阿尔勒碰到的优秀摄影家。

在阿尔勒找机会的年轻摄影家，实力强的非常多，当然水平有限的也不少。我们没有耐着性子发掘更多人才，主要是因为头几天实在是看得太多了，多到感觉影像泛滥成灾，以至于后来有人要求订约会，我们就想开溜。

说到这里，就不得不佩服法国国家图书馆（Bibliothèque Nationale de France）的摄影部主管让 - 克劳德·勒马尼。他有无比的耐心与奉献精神，不管再忙，每年都会抽空来阿尔勒，从早到晚坐在阿拉坦后院走廊的一个角落里，戴着白手套，不厌其烦地给排着长龙来求教的摄影者意见。面前的长桌摆着一壶水、一个杯子，讲到口干舌燥、声音沙哑，他就匆匆灌几口水，继续上课。

整个上午不间断地看几个钟头的照片，我早就眼花缭乱，头疼得不得了，他却一连好几天下来，仍然显得甘之如饴。这不只需要体力好，还得有圣人般的心肠才办得到!

卡马尔格牧场午宴

摄影节的所有活动，最有娱乐效果与不能不提的，就是鸟类学家、慈善家卢克·霍夫曼（Luc Hoffmann）夫妇的邀宴。每年他们都会邀请约 200 位参加摄影节的来宾，到他们在近郊的产业卡马尔格（Camargue）牧场享用一场别有风味的盛会。

地点偏远，没有公众交通服务，因此请帖上印有详细地图，以便受邀宾客开车前往；我们那两年也都是搭朋友的便车。方圆几十公里之内不见人迹，空旷的原野当中搭起一大片遮阳棚，棚下一排一排地摆满几十条长木桌和更多的木凳，棚外不远处有临时露天厨房与一个简单的吧台。远远望去，整个场景除了野趣之外，还显得十分超现实。

大家在铺好桌布、摆好餐巾和餐具的木桌前各自坐下，还没聊上几句，一阵马蹄声就夹着滚滚黄沙从几百米外快速逼近。七八位呼啸的牛仔追赶着一头牛犊，朝用餐之处飞奔而来。眼见就要冲进棚内了，众人阵阵惊呼，牛仔们却及时挥舞绳索，套住小牛，再潇洒地翻身下马，将牛只扳倒在地，就着营火当场烙印。

原来这是场表演！大家的兴头一高，胃口就开了。前菜的鹅肝、肉泥和主菜的现烤牛排由十来位侍者为大家一一端上，红酒成打成打地倾入高高举起的酒杯，流进笑呵呵的口中。

众人有点飘飘然时，弗拉明戈乐声乍起，不知打哪儿冒出一组身着传统服饰的吉卜赛走唱人。曲调又急又快，两名男子边弹边唱，一名女子随着旋律妖娆地舞动身躯，轮流在每桌停下一阵，热情地邀来宾共舞。不少宾客都在同伴的起哄下，兴致勃勃地起身舞上一段，引出一阵又一阵的口哨声与掌声。

记得第一次去的时候，那煽情的乐声、舞姿就惹得一些人不安分

慈善家霍夫曼夫妇每年都出资赞助摄影节，并请贵宾到卡马尔格牧场午宴。
（阮义忠摄于 1991 年）

起来。两位男女宾客大概是喝醉了，如痴如醉地对跳几分钟后，居然在大庭广众之下浑然忘我地开始脱衣服。围观的人鼓掌叫好，所幸朋友闻风赶来，在两人出丑之前及时把他们架走。真是好险哪，想想看，在场有一半以上的人都是身带相机的！

霍夫曼夫妇不但在每年摄影节都请客，阿尔勒的其他节庆，如一年一度的“阿尔勒艺术节”“卡马尔格斗牛节”等，也同样会设宴款待与会嘉宾。此外，他们更是许多文艺活动的赞助者。有这么支持文化活动的企业家，真是当地人的福气！

霍夫曼夫妻非常朴实，言谈举止丝毫没有富人的架子，他们身穿棉布衬衫、牛仔裤，轻松地与客人闲话家常，看起来就像普罗旺斯的农夫农妇。有人说，知道怎么赚钱不稀奇，懂得怎么花钱才叫厉害！这对夫妻正是这句名言的最佳诠释者。

普罗旺斯鱼汤

除了摄影，阿尔勒的“吃”也是很有特色的。第一次造访还不懂法国地方菜；第二次有法兰克夫妇同行，才尝到一些别处不易吃到的美味。印象最深的，就是普罗旺斯鱼汤（bouillabaisse）！这是普罗旺斯的传统名菜，各地做法不同，其中又以马赛地区的配方被公认为最地道。

内人看到的一份食谱是如下这么写的。用多刺的笠子鱼、鲱鱼和海鳗为基本材料，再加上越多越好的其他鱼类，如狼鲈、比目鱼、鲽鱼、鲻鱼、江鳕等。把所有材料一起放在高汤里快煮，加上少许橄榄油，使汤成奶白色，再添加盐、胡椒、洋葱、番茄、番红花、蒜头、百里香叶、月桂叶、藿香叶、茴香、橘皮、一小杯白酒或上等白兰地，最后再把西班牙红椒制成的糊搅进汤里，醒味又调色。据说巴黎版为了吸引观光客，还会混以精选贝类、虾、蟹、龙虾等，装盘时的卖相特别好。

阿尔勒有家餐厅做的鱼汤却是与众不同，红褐色的汤闻起来有鱼味，喝起来是鱼汤，可就是看不到鱼。大厨把鱼类和海鲜连肉带骨地磨碎后，和高汤、佐料一起熬上好几个小时，直到全部材料都化在汤里。炖好的汤浓浓的，却不稠不黏。

汤的喝法也有路数。店家视每桌来客的人数而定，端上大小不等、盛满滚烫鱼汤的陶锅，几篮烤得干干脆脆的面包，一碗切得细细的干酪丝以及一碟生蒜头。先拿一块面包干，用新鲜多汁的蒜头粒在粗糙的面包上来回摩擦，擦出厚厚的一层蒜泥，再把面包掰成小块放在空汤盘里。舀一勺冒着热气的鱼汤，顿时蒜香鱼香四溢，等面包全都浸满汤汁后，撒上一撮干酪丝就可以开吃了。

这时，原来干巴巴的面包已变得香软滑嫩，像松针般的干酪被热汤一化，成为黏黏腻腻的拔丝。一口下肚，全身立刻起鸡皮疙瘩，舒畅无比!

喝这种汤千万不能秀气，一定要趁热大口大口、连汤带料、稀里呼噜地喝。通常它只是前菜，所以最好只喝一碗就打住。但人人都会忍不住再来一碗，然后认真思索，是不是该把腰带调整一下?

后 记

那回，我们一共在阿尔勒待了一个星期，整个会期不时听到摄影节要停办的消息。欧洲经济不景气，对摄影界造成很大影响。上自艺廊、媒体、经纪社，下至有合约无合约的摄影师，个个叫苦连天。厂商业绩不佳，广告预算就不多；广告预算不多，靠厂商支持才能运作的媒体和活动就不好维持；媒体维持不下，摄影家就找不到活儿干。

总的说来，那一届的阿尔勒摄影节虽然表面一样热闹，但与前一届比起来，依然有些让人不乐观的迹象。展览比较不精彩，幻灯片放映晚会嘘声连连，艺术总监路易·梅普莱（Louis Mesplé）的表情比上回沉重得多，几位著名摄影机构的负责人不太开朗，而卢西恩府上的派对也由晚宴变为简单的下午茶。

阿尔勒之行，让我们见识了摄影世界的花花草草，也更加明白《摄影家》杂志有存在的价值和必要。那一回，除了做公关送掉几百本杂志之外，主办单位在整个会期里还帮我们卖了三四百本，只不过到现在都还没收到经办人员答应寄来的账款。权当乐捐吧，也算是“取之阿尔勒，用之阿尔勒”！

“阿尔勒国际摄影节”或是其他类似的摄影活动，就像台湾的“大拜拜”一样，热闹一过，想想，其实也没什么。有斩获没斩获的人，同样要回到“摄影没啥了不起”的现实世界里，接受他对摄影信仰是否忠坚的试炼。阿尔勒给人的感觉是极端的：有的人像上了瘾一样地每年必去，因为需要这样的场合；有的人则是去过一次就大失所望，甚至可能从此不再拍照。

这不是阿尔勒的“对”，也不是阿尔勒的“错”。阿尔勒只不过是面镜子，忠实地、全面地反映着摄影世界的各个面相。

那一年《摄影家》杂志刚出版第 3 期《阿尔勒摄影节专号》，如今已出版到第 48 期了。

NO.5

NO.6

NO.7

NO.12

NO.13

NO.14

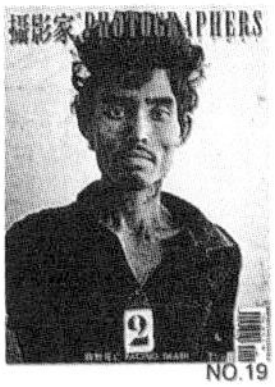
NO.19

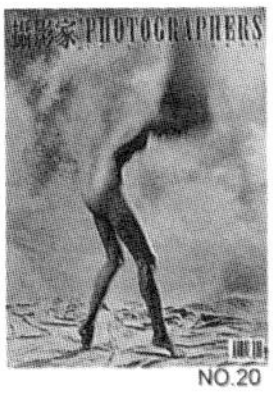
NO.20

NO.21

NO.26

NO.27

NO.28

NO.33

NO.34

NO.35

NO.40

NO.41

NO.42

NO.47

NO.48

NO.49

佩皮尼昂原属西班牙，直到 1463 年方被法国占领。到目前为止，无论风俗习惯和烹饪口味都有很浓的西班牙味。（阮义忠摄于 1990 年）

再访佩皮尼昂新闻摄影节

阳光之旅

法国南疆小城佩皮尼昂（Perpignan）位于西班牙边界，阳光艳丽，西班牙风情浓厚，是夏季度假的好地方。自 1989 年以来，小城除了依旧吸引本国人，更像磁铁一样，在每年 9 月把全球摄影人士聚拢起来。因为，这里有全球第一个创立的，也是目前世界上规模最大的新闻摄影节 Visa Pour l’ Image。

1990 年 9 月，我们首度造访位于图卢兹的水之堡摄影艺廊。由于跟馆长让·杜杰德先生投缘，原本半个小时的约会延长了几十倍时间。除了带我们四处游览，杜老爹还领我们去距离图卢兹两个钟头车程的佩皮尼昂参观佩皮尼昂新闻摄影节。当时是第 2 届，从国外友人口中得知，此摄影节已渐渐使佩皮尼昂成为全球新闻摄影人士的凝聚中心。

1994 年，我们再度前往佩皮尼昂，这回杜老爹无法同行，因为他必须为我在水之堡的个展张罗海报、目录及布置等细节。展览特别安排在 9 月 8 日开幕，以便我们能顺道参观于 9 月 3 日至 1 8 日举行的第 6 届佩皮尼昂新闻摄影节。

9 月 2 日下午由图卢兹出发，由于没火车直达佩皮尼昂，必须在纳博讷（Narbonne）转车。有了上回的经验，这次好整以暇，悠哉地欣赏沿途风光，途经卡尔卡松，看到那保存完整的中世纪古堡群，唤起我们参加欧洲摄影历史学会的美妙记忆。五年来，我们年年都把图卢兹列为暑期度假之处，到红砖城就像回家，离开时总依依不舍。

在纳博讷一下车就发觉，要到佩皮尼昂的人可真不少。一对看来像老农的夫妇跟我们搭讪，说他们从阿尔比来，要去阳光多一点的地方度假。记得上回在阿比参观罗德列克美术馆，对当地纯净耀眼的光线赞叹不已。那样的阳光还不够？两老要去之地还不知有多热情呢？

徐徐开来的列车只有四节，提醒我们，要去的地方偏远，平常日子去的人不多。虽然上车已是下午时分，可是光线却越来越强，天色越来越艳，真令人有时间回头走的错觉。

法国实在是格外受上帝恩宠。一路从巴黎下图卢兹，所见均为肥沃的平原及丘陵地，景色近乎平淡。这一路的风景稍有变化，火车从田亩之间突然驶经一汪水泽，不晓得是不是内海。怎么上回没注意到呢？佩皮尼昂，我们又来了。这回可有时间来好好认识你了！

佩皮尼昂的过去与现在

佩皮尼昂原属西班牙，根据旅游局资料显示，此城起源于鲁希诺（Ruscino）附近的罗马别庄，在历史上首度被提及是公元927年，称为Villa Perpinianum。鲁希诺是伊比利亚人的拉丁城市，今天被称为鲁西永城堡（Chateau Roussillon）。一直到10世纪末，鲁西永伯爵都以佩皮尼昂为行政区总部。

1276年到1344年的68年间，佩皮尼昂因是“麦卓卡王国”（Kingdom of Majorca）的首都而极负盛名，无论商业还是工业都发展得非常快。原因是此城结合了政治地位、商业组织结构，以及勤奋的制衣、染料、制革、刺绣从业人员，还有金匠、画家、雕刻家。

1463年，佩皮尼昂被法国路易十一（Louis XI）占领，10年后居民起而反抗，却在重军围城之下，隔年又被法国人夺回，但佩皮尼昂也因此赢得了“最忠诚”之号。法国人重回佩皮尼昂后开始大力镇压百姓，直到1493年，查理八世为了处理意大利事务，才把鲁西永等地交还给天主教王国。在此前不久，阿拉贡（Aragon）王国和卡斯提尔（Castille）王国联姻、征服格拉纳达（Granada），使西班牙统一。

自此，西班牙与法国不断争战，佩皮尼昂经济衰退，直到菲利浦二世时期，小城才获得振兴。1642年，著名的“卡塔兰叛变”（Catalan Revolt）发生，西、法两国签订条约，使佩皮尼昂重回法国版图。

此地曾拥有坚不可破的城墙，但因不断成长与扩充，部分护城墙于1900年左前后开始受到破坏，但也因而增加了许多迷人的广场，街道旁种满梧桐树、含羞草、棕榈树，生气勃勃而又令人愉快。

新闻摄影的飨宴

在“全球”旅馆（Hotel Mondial）安顿好，冲过凉，正准备出门溜达，服务人员便殷勤地递上佩皮尼昂地图和摄影节简介。被印成法文、英文和西班牙文的摄影节小册共有20页，内容包括40个展览、5个多媒体晚会和10个会外活动的介绍，还有11个展场的地点与详细地图、19家赞助餐馆。最后一页所列的主办及协办单位包括众多媒体、企业与文化单位，说明佩皮尼昂新闻摄影节在短短六年间，声势已不亚于阿尔勒国际摄影节。

下午5点多，本来想先逛逛，但阳光强得像台湾的正午。日出而作，日落而息，不做点事好像有点罪恶感，因此干脆拿着地图，去找摄影节总部报到。坐落于左拉街（Rue Emile Zola）的Hotel Pams是栋气派的老宅院，两张桌子横摆在玄关楼梯口，接待小姐亲切地告知，报到处在二楼。

楼上房间有点冷清，几位工作人员闲闲的，看来我们似乎是最早到的。不，有人比我们更早——一位穿着朴素、法文流利的东方人在我们办完手续之后，突然亲切地用中文跟我们搭讪："你们也是来展览的吗？"原来，这位中年男士是大陆人，新华社为了毛泽东的百岁诞辰，组织了一个展览，其中有毛主席在各阶段的生活与工作记录。展览的政治意味强、新闻性高，看来会是个受瞩目的节目。

我们来得实在太早了，识别证要明天才会准备好，但工作人员先给了我们资料、会刊、印有"VISA"标志的运动衫、白底红字的"PHOTO"棉制背袋以及一本当期的*PHOTO*杂志。来佩皮尼昂之前，我在巴黎和图卢兹的书报摊都看到过这期*PHOTO*，而且也先买了一本。两本内容一模一样，都是"佩皮尼昂摄影节"专刊，封面却截然不同。

市面发售的*PHOTO*封面是该杂志的标准风格，跟内容毫不相干，但跟《花花公子》非常类似，是充满性挑逗的裸女或半裸女。在这里当赠品的封面，却是一位索马里母亲，怀中婴儿濒临死亡。无论这位母亲的处境有多悲惨，摄影家依旧将她内在的高贵与优雅表现出来。这正是新闻摄影的精神所在。

所有的演讲、记者招待会、摄影家新书发表会也都在这栋大宅里的演讲厅举行，来自全球的78家照片经纪社也在此设临时办事处。

在会刊的编辑前言"改变中的世界"中，摄影节创始人让-弗朗索瓦·勒罗伊（Jean-Francois Leroy）谈到了今年的展出重点：

"1994年充满了新闻与重大事件，战争跟破坏在这一年所造成的损失无法估计。在南斯拉夫（Yugoslavia），战争似乎永远驻留；卢旺达（Rwanda）爆发了我们都知道的暴力，谁也无法想象那将带来怎样的后果。在世上的许多地方，还有已被遗忘却仍在继续制造毁灭的较小规

位于左拉街的 Hotel Pams 是新闻摄影节的总部，街上挂满旗帜。（阮义忠摄于 1990 年）

模冲突，如阿富汗、克什米尔、库尔德斯坦、塔吉克斯坦……

“所幸，这一年也带给了我们一些希望。犹太人和巴勒斯坦人，以色列人和约旦人，南非的黑人和白人，这些无法和解的敌人终于开始彼此靠近。民主向前迈进，归功于意志力。人类终于做了自己的主人，和平不再是虚无的乌托邦。

“同时，从利勒哈默尔（Lillehammer）到洛杉矶（Los Angeles）的体育世界提供给了我们欢乐和友爱的照片。在全世界的每个角落都有人用许多方式来表现精神与创意，也正因为如此，追寻美妙事物和特别主题的摄影家们非常开心。

“我们必须决定，是要生活在一个纳粹主义出没的世界，还是一个受甘地子孙启发的世界。为此，我们需要了解这个世界上每天所发生的事，但她的变化又比我们想象的更快。

“每天都有许多人在为历史记录，借由他们的协助，Visa Pour l’ Image 得以用‘几秒的不朽——如同我们非常怀念的罗伯·多瓦诺说过的，向世人透露影响我们的重要事件’……”

世界新闻摄影大赛

7 点过了，到处还是像白天一样，真不知道几点才叫晚上。街头巷尾人群穿梭，看来都是来度周末的观光客。摄影专业人员多半在第二、第三天才会成群结队地出现，也就是颁发“日报金奖”“杂志金奖”“新闻金奖”的 8 日至 10 日，抵达人数会达到高峰。经过审慎观察，我们找到一家好餐馆。菜美酒醇，一下子吃到快 11 点才带着醉意，摇摇晃晃地回旅馆睡觉。吃饱睡足，明天才好办事，有 40 个展览要看呢，不是开玩笑的!

佩皮尼昂新闻摄影节创办人弗朗索瓦·勒罗伊。（阮义忠摄于 1994 年）

接下来的五天，除了吃饭、睡觉、看晚会幻灯片秀、参加摄影家记者招待会，以及与同好交谊外，我们一丝不苟地把所有的展览都看了。还好小城范围不大，否则光是走遍11个展场就得花上许多时间和精力。展场包括教堂、城堡、画廊、美术馆、市政厅，重头戏按惯例是在占地广大的“最卑微的兄弟修道院”（Couvent Des Minimes）呈现。

今年光是列名会刊的参展摄影家和照片经纪社就有55个，主要架构为：“世界新闻摄影基金会”（World Press Photo Foundation）年度得奖作品、大师回顾展、资深新闻摄影家特展、当红摄影家最新力作、政治人物报道、时事性报道以及一些经纪社旗下摄影师群展。

世界新闻摄影基金会历史悠久，地位崇高，影响力极大，其一年一度的国际竞赛是全球兵家必争之地。竞赛活动共分为涵盖所有新闻摄影类别的8个项目，每个项目各颁发三个奖项给单张照片及图片故事。每个类别的首奖可获颁“金眼奖”，然后再由国际评审团从所有得奖作品中选出“年度世界新闻奖”。

世界新闻摄影大赛和展览于1955年由荷兰新闻摄影界人士主动出击、首度举办，赢得热烈回响后，促成了“世界新闻摄影基金会”于荷兰的成立。该组织认为新闻摄影是推广国际新闻自由与沟通的重要工具，任务是创造、刺激全球性的新闻摄影兴趣。

该单位的主要活动为组织年度国际新闻摄影比赛，并在尽可能多的国家展现比赛结果，以数种文字出版年鉴以及组织研习会。

看哪，这几乎是真的

今年的大师回顾展是“马格兰”资深成员埃里克·莱辛（Erich Lessing）摄影生涯中的第一次回顾展，作品数量超过200张，堪称是今年规模最大的摄影展。照片有黑白也有彩色，黑白的全是报道性作品，彩色的则为静物与肖像。

莱辛自述：“我有两个摄影生涯，第一个是新闻摄影，始于第二次世界大战的末期，大部分是黑白的，故事内容是战后的欧洲以及涉及共产主义的暴动与革命。”

至于他的第二个摄影生涯，则是始于1956年莫扎特的200岁冥诞。当时，他为一位从事纪录片制作的友人拍了一系列剧场照片，在原点以原始资料重现莫扎特生命中的重要纪事。“这次经验唤起我去继续描述其他的伟大音乐家、作家与‘空间发现者’。这就是我如何从黑白转到彩色……”

莱辛对历史感兴趣，而且想让历史、事件与人物在读者的眼前活过来，方式是把细目、仿真品、文献以及重要事纪提出来，告诉大家：看哪！这几乎是真的，事情发生时很可能就是这样……这就是他在他的40本书里所做的事。

“除了说故事，我从来不想做别的事……为了讲这些故事，我使用相机。我并不经常把相机挂在脖子上，只有目的明确时，我才带相机。我通过自己的眼睛，而不是相机观景窗来看世界。我不诠释，我不在暗房里从事任何修改。”

这是令我印象极为深刻的一个展览，不仅照片数量最多，作品水平也是数一数二的。爱讲故事的莱辛，让群众在看他所拍的照片时，也随着他走过了历史。

资深记者谈美国农业保护局

卡尔·麦登（Carl Maydans）年近九十，此生大半光阴都在为美国*LIFE*杂志工作。我们不但看了他的展览，还去参加了他的记者招

大部分展览都在古迹中陈列，效果十分特别。（阮义忠摄于 1990 年）

待会。美国赫赫有名的“农业保护局”（Farm Security Administration，简称 FSA）于 1935 年聘请的第一批 11 位摄影记录员中，麦登就是其中的一位，而且是目前仍在世的两位之一，另一位是波多黎各籍的杰克·德拉诺（Jack Delano）。

此次展出作品是从他当年为 FSA 所拍、但从未发表过的照片中挑选出来的，是非常珍贵的图片资料，主办单位非常引以为傲。9 月 6 日，白发红颜的麦登，戴着助听器主持了一场很成功的记者招待会。他年纪虽然一大把，可是口齿清晰，思路通畅，侃侃而谈自己的记者生涯与当年为 FSA 工作的往事，慈蔼达观，精神奕奕。

1933 年罗斯福总统入主白宫时，美国的经济大萧条正当时。他采取了一系列紧急措施，以便救援饱受经济灾难之苦的百姓。为了让新法令通过，必须寻求美国人民的支持，而他所想到的一个方法，就是把国家的病态借由照片显示出来。

罗斯福总统找他的老友、纽约哥伦比亚大学的经济学教授雷克斯福德·特格韦尔（Rexford Tugwell）组织一个摄影队深入农村，记录和显现美国的贫瘠已经严重到什么程度。特格韦尔不懂摄影，于是叫系里的一位年轻讲师罗伊·斯特赖克（Roy Stryker）全权负责。“农业保护局”就那么创立了，而且成为 1935 年至 1943 年间美国政府一个极活跃的单位。

摄影小组的成员刚开始是 11 位，后来才发展到 17 位，他们所拍的照片合起来共有 25 万张。FSA 停止运行后，将所有照片赠予“美国国会图书馆”（U.S. Library of Congress），而最早的 11 位成员保有权利，可向图书馆借用本人所拍的底片。

老先生重听，不太能完全掌握观众的问题，但讲故事时谈笑风生，很能带动观众的情绪。他不时提及，年纪越大，就越能感受到命运的奇妙。比方说，刚出道时他本为一家华盛顿小报的财经记者，在经济

LIFE 资深记者卡尔·麦登带着孙女出席记者会，令人觉得温暖亲切。（阮义忠摄于 1994 年）

大萧条时期专门负责统计、报道每天倒闭的银行和企业，同时也到处投稿赚外快。为了文章好卖，他向友人学拍照，把照片跟文章附在一起。

FSA 的人找上门来，是因为听说他会“用 35mm 的小相机拍照”，必能胜任乡间工作。而他之所以用 35mm 相机，只不过是当初照着朋友那一架买的。此外，负责如此重要计划的斯特赖克，学识丰富又干练，却完全不懂拍照。特格韦尔教授会把他和摄影联想在一起，纯粹是因为这个年轻小伙子在帮他整理论文时，随手剪过一些报章杂志的摄影图片贴在空白处。

为 FSA 工作辛苦万分，麦登却通过相机学会了看事、看人，更因而成了自学农事通。直到现在，他依然养成每到一个新地方，就先去观察当地农田的习惯，从耕作情形就可判断出当地人民的生活现象。

演讲即将结束，老先生笑眯眯地告诉每一位从事摄影的先生、女士们：“活到这把年纪，我想我可以向各位保证：没有一种生活比得上背照相机的生活！”

没什么比看见 90 岁仍坚持信仰的人，更让我们感到鼓舞了！

埃伦·马克的《美国》

《摄影家》杂志 No.8（1993 年 6 月号）曾介绍过的玛丽·埃伦·马克（Mary Ellen Mark），也是今年摄影节最受瞩目的展览者之一。根据大会消息，这位当红的美国摄影家将亲临佩皮尼昂主持记者招待会。遗憾的是，9 月 8 日是我在水之堡的展览开幕日，因此我们 9 月 7 日就得返回图卢兹，无法与她会面。

埃伦·马克这次所展出的《美国》（*America*），是她的最新作品，数量虽不多，却张张有一定的水平，令人看了暗暗叫好。

她为这个展览准备的短短前言，也让人印象深刻：

美国是一个奇怪、复杂又迷人的国家。像印度一样，她充满了矛盾、讽刺与惊奇。在美国拍照，我从来不会无聊，因为肯定能找到有趣和奇异的影像。过去30年来，我一直在用心拍摄的许多主题之一，便是生活在社会边缘的人们，特别是住在美国的人。我要继续这项工作，并希望以后出一本书，用照片表达我个人对美国的看法。

唯有摄影能留下见证

在政治人物的报道方面，除了新华社的“毛泽东照片展”，还有美国人最怀念的第一家庭影像回顾“肯尼迪遗产”，由肯尼迪私人摄影师雅克·洛（Jacques Lowe）的作品组成。两个展览借影像分别道尽了东西方两位领袖的风光无限好。再怎么叱咤风云的人，有一天也免不了化为尘土，唯有摄影能为他们的足迹留下见证。

印象深刻的强档还包括阳·雷马（Yann Layma）的《雕山的人》（*Mountains Sculptors*）、1993年尤金·史密斯奖得主马克·阿斯南（Marc Asnin）的《查理舅舅》（*My Uncle Charlie*）、西帕经纪社（Sipa Press）的《本世纪的俄国》（*The Russians*：*Through out the Century*）、16位摄影师在不同国度完成的《物质世界》（Material World）、“马格兰”旗下的戴维·哈维（David Harvey）的《分裂的灵魂》（*Divided Soul*），以及哈弗经纪社（Rapho Press）的女摄影家弗朗索瓦丝·于吉耶（Francoise Huguier）的《前进白令海》（*Heading For Behring*）。

《雕山的人》，早在2500年前，中国云南省和越南的边界山区就开始有农人于山区开垦。他们在2000米高的地方干活，把山雕刻成一亩亩梯田，改变了山的风景。雷马是第一位进入此山区拍照的西方人，观察到农民把米当神般地崇拜，而水牛就是天赐的向导，引领他们从事这项老天爷交付给的艰巨任务——种稻子。

《查理舅舅》是阿斯南那患精神病的亲舅舅与其家人的生活报道，他在纽约布鲁克林前后拍摄了12年。“那几年，”他叙述心路历程，“我拍的照片越来越明显地成为他们为贫穷挣扎的记录，已在家族存在几代的种种问题导致了他们的贫穷。这12年间，我眼见这些问题从我舅舅身上传给五个表兄妹。现在表兄妹们也都是年轻人了，其中两位还有了孩子。事实很清楚，同样地他们正在继承这些贫穷与痛苦……相机给了我立足点，让我在捕捉贫穷的萧瑟、精神的疾病以及家庭冲突之外，更多地发现自己的身份与历史……”

《本世纪的俄国》呈现了这个国家狂热的发展史：帝国时代、革命、战争、毁灭和进步。这些绝大部分从未发表过的影像精选自博物馆和私人收藏，其中许多照片一直被存放在苏联的秘密档案里，直到后来重见天日。资料显示，有些照片连同档案被丢置在共产党总部的电梯里。这个展览非常精彩，展出的影像不但具备珍贵的史料价值，也显现了迷人的艺术性。除了20世纪的俄国要人，如沙皇、拉斯普京（恶名昭彰的僧侣，对皇室有极大影响力）、斯大林、托洛茨基、叶利钦等人，我们还可见到俄国的风景、狩猎会、狂欢派对、戏剧以及苏俄的灵魂。

报道外在也报道内心

《物质世界》也是个很特别的展览。美国新闻摄影记者彼得·门泽尔（Peter Menzel）组织了一组来自7个国家的16位知名摄影记者，在世界各国共找了30个家庭，请他们把所拥有的一切物质陈列出来，让全家人站在他们的物质世界中合照。

德国、瑞士等富裕家庭陈列了高级汽车、音响、电气设备、珠宝、皮毛大衣、滑雪器具、高尔夫球杆等；发展中国家的一般家庭骄傲地把电视放在最醒目的地方;而低收入的非洲画面，则是破土屋前的一家人，手里抱着仅有的一两袋谷物……

曼柔解释计划动机：“报章、杂志和电视永远在报道极端事件……但最好和最坏只代表这个世界的一小部分。我要提供的是世界其他部分的内部景观：把西方人从度假的高塔带进旅馆侍者的客厅；让跨国厂商看看购买他的产品，或为他工作的人们；让军事专家看看，威力强大的炸弹能造成什么样的牺牲者；让我们的孩子有机会看看地球的未来。”

《分裂的灵魂》是哈维受到卡米洛·何塞·塞拉（Camilo Jose Cela）的《阿卡瑞亚之旅》（*Travels In The Alcarria*）一书启发，所表现的西班牙世界。根据瑟拉所著，西班牙人的感性是双重的：激情与野蛮、宗教狂热与征服精神。西班牙人分裂的灵魂在日常生活中不断出现，而他们的肢体语言，如一个同情的注视、一个怪异的瞪眼，两种姿势的并列，就成了哈维要捕捉的对象。

于吉耶以许多男性都未必具备的毅力、体力，在西伯利亚的冰天雪地待了六个月，拍下西伯利亚浪漫宣传之外的景象，或是毫无抒情意味的另一种阴郁，或是对心理主义的唾弃。展览和同步出版的书命名为《前进白令海》，是因为在出发前往白令海时，这位女摄影家就像发现此海的丹麦人维图斯·白令（Vitus Bering）一样，虽不知目的地，步伐却毅然决然。

最后，受瞩目的展览还包括马克·塞利格（Mark Seliger）为《滚石》（*Rolling Stone*）杂志所拍的令人吃惊的巨星肖像，女摄影家卡萝尔·加拉格尔(Carole Gallagher)记录美国核试验后的辐射影响及其牺牲者——

《秘密核子战争》（*The Secret Nuclear War*），以及五位摄影家的非洲所见《锡安基督教派》（*Zion Christian Church*）等。

作品放映会给人的省思

在作品放映会方面，从5日到10日每天晚上都有。由于我们7日得赶回图卢兹，因此只参观了5、6日两场。由于去年摄影节结束在1993年9月，因此，这两场节目分别是由1993年10月至12月以及1993年12月至1994年2月所发生的世界大事影像编串而成。

由于观众太多，所有放映会从今年起改在Campo Santo的露天广场举行。比起第2届的古堡，感觉少了那份古今冲击的磅礴气势。节目旁白是法语，但供应媒体记者其他语言的同步翻译耳机。主持人由两位法国名记者轮流担任。

节目一开始，照例是播映当天全球所发生的头条新闻照片，叫人不得不赞叹电子影像传播科技的威力。节目一个接一个，银幕上的影像令人震惊、叹息，也叫人不得不佩服那些摄影记者的胆识。其中一个节目是工作纪实，记者们在枪林弹雨中出生入死的场面固然令人动容，但其中也不乏荒谬、讽刺的镜头。行进中的坦克车顶坐满胸前、背上挂满装备的摄影记者，随时准备按下快门。七八位壮汉或站或蹲，围着躺在地上奄奄一息的非洲幼儿抢镜头。疲惫虚弱的牺牲者惊恐地面对蜂拥而上的摄影记者，他们手上的相机就像枪炮……

节目进行到一个段落，主持人会把著名新闻照的作者请上台。有的像英雄人物，难掩自满地叙述自己如何像高空走钢索般地拍到独家镜头。有的拍到悲惨影像，一张口便在职业道德、人性关怀与专业训练之间打转，试图传达自己在使命感与人性之间的挣扎。“毕竟，”一

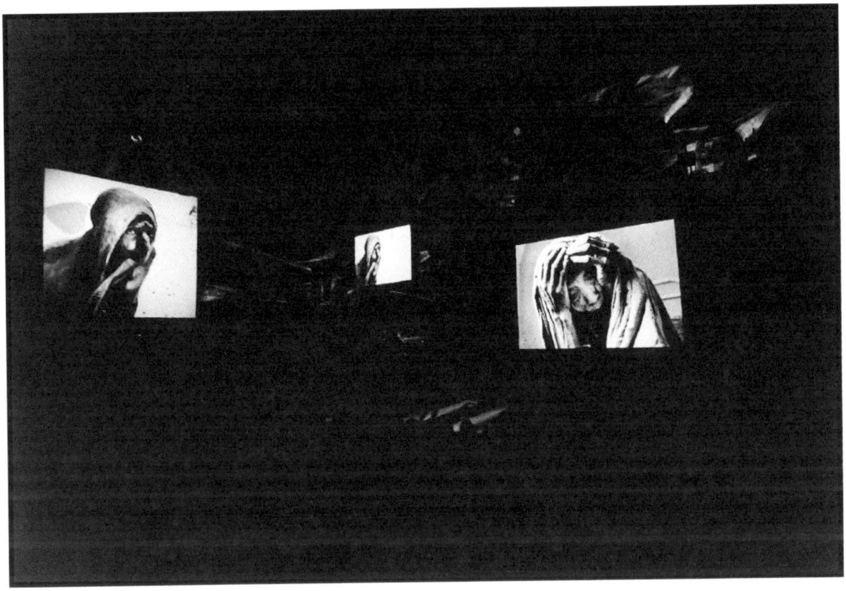

第 2 届“幻灯片之夜”在古堡举行，效果非凡，可惜之后就挪往 Campo Santo 露天广场了，气势大减。(阮义忠摄于 1990 年)

位女记者这么表示，“在卢旺达，光是 *TIME* 和 *NEWSWEEK* 两家杂志就各派出二十几位摄影记者。不拼，怎么交差？”

一位曾经拍过塞拉耶佛战事的记者，接受采访的坦诚令人印象深刻。塞拉耶佛是一个因宗教认同而被围攻了两年多的南斯拉夫中部小城，日夜笼罩在炮火之下，满目疮痍，没有一座完整的建筑，百姓的生活缺水、缺电、缺食物，而且几乎无处可躲。主持人问他，为何后来取消任务，不愿再去继续拍摄时，他坦承：“我害怕到没有丁点勇气再回去那儿！”

节庆的矛盾

虽只看了两场晚会，但觉得应该也够了，接下来的几个晚上，节目想来也是内容大同小异，倒是没能看到颁奖典礼有点可惜。“VISA 金奖”的评审团由来自世界各地的 35 位报纸及杂志图片编辑组成。在今年的入围名单之中，“杂志金奖”有五位，其中两位是前面提到过的、拍《雕山之人》的阳·雷马，和已获今年世界新闻摄影奖的拉里·托厄尔（Larry Towell）。“新闻金奖”的五位候选人里，新闻摄影界的熠熠红星萨巴斯提奥·萨尔加多也赫然在列。

总体而论，参观佩皮尼昂新闻摄影节的经验是奇妙的。一方面，大家身处度假胜地，环境悠闲舒适，吃住都会让人兴起“这才叫生活享受”之感；另一方面，展览与作品放映会中又充满了触目惊心的悲惨影像，提醒所有与会人员，这个世界是多么不美满。

这一切都属于一个“节庆”，庆祝新闻摄影日益壮大、影像的影响无所不在、摄影英雄的诞生、媒体和经纪社的神通广大、摄影工业欣欣向荣……矛盾的是，庆祝活动中的所见所闻，又多半是某一群人的不幸……

后记

十多年来，我和内人着实走了不少国家，除了本书所提到的法国、西班牙、孟加拉、越南、柬埔寨、立陶宛等国之外，我们还造访过英国、美国、德国、意大利、葡萄牙、荷兰、奥地利、捷克、匈牙利、摩洛哥、土耳其、印度、印度尼西亚、泰国、菲律宾、新加坡、日本……甚至还有极少外国人会去的亚美尼亚。但，我们都没有将这些有趣的游历写出来。

当初会写游记，纯粹是希望使自己创办的杂志内容丰富多样，有这个“因”，才有了现在的“果”。

我是个拍照的，走到哪里拍到哪里，一张张照片就等于旅行日记。可是，影像和文字还是差别很大的。写文章可以满足我一向爱说故事的癖好。照片呢？人们一看就清清楚楚，没什么好交代的。所以，很多事情我宁可选择用文字表达。

事实上，我写过的文章数量，一点也不比我的摄影创作少，只是我早就被贴上“摄影家”的标签，读者比较在意我的影像表现。拍照一定要到现场，写文章却可以靠回忆。也许等我没办法东跑西跑时，就可开始好好地在记忆中搜寻，把去过的那么多的国家，把与摄影有关的事一一道出。

不知那会是哪一年的事。就等某些“因”，来结一些“果”吧!

2000 年 1 月 20 日

《人与土地》（增补本） 阮义忠 著

《人与土地》是“中国摄影教父”阮义忠最为著名的摄影系列，拍摄于1974—1986年，展现其时台湾乡村正在逐渐消逝的人情与风景，曾在国内外诸多美术馆展出并被收藏。

那时候还没有任何旅游指南，阮义忠依靠一册台湾客运路线图，走遍岛上大大小小的角落，在都市的触须探达之前，记录下乡民最朴素的日常生活。这是人与自然还亲密依存的年代，人们在土地上成长、劳作，视勤俭与坚韧为生活的信仰，又最终归宿于土地。

增补本收录了《人与土地》系列全部86幅照片，每幅配以简净文字，讲述照片背后动人的真实。在人与土地的联结已变得冰冷而遥远的今天，幸有阮义忠捕捉到的一个又一个瞬间，留给我们可供寄托的不变。

《正方形的乡愁》 阮义忠 著

《正方形的乡愁》是摄影家阮义忠继《人与土地》《失落的优雅》之后，又一再现20世纪70—90年代真实台湾的经典摄影。书中所有照片，都是用120相机6cm × 6cm胶卷拍出来、未经裁切的影像。

在不断变化的时代，阮义忠着意寻找不变的价值，跋涉于旧日的乡土、温淡的老镇，记录下遇见的每一张纯朴面孔。80张照片及其背后文字，投递给我们那些已散落无踪的乡愁：成年对童真的乡愁，游子对家园的乡愁，车水马龙的都市对田野农耕的乡愁。黑白的正方形影像，隐藏着最深沉的情怀。

铁葫芦

铁肩担道义　葫芦藏好书